人間やめたマヌルさんが、
あなたの人生占います

適当ですがあしからず

音はつき

ポプラ文庫

Contents

断捨離インフルエンサー

真っ白な棚の上、黄色い一輪挿しのチューリップ。その隣に淡いピンクのルージュを繰り出し、バランスよく配置する。窓から差し込む自然光は、最高の照明だ。スマホのカメラでシャッターを切る。角度や色味を調整しつつ、何度も何度も。

「デパートを何軒もまわった甲斐があったなぁ」

このルージュは、SNSをきっかけに大流行し、今では入手困難な代物《しろもの》だ。しかも春限定色ともなれば、その価値はさらに高くなる。

画像を確認し、そのうちの一枚に色補正をかけていく。こういうことも、スマホひとつで簡単に出来てしまうのだから、本当に便利だ。誰だって、ちょっとした知識と技術を身に付ければ、手の中だけで有名になれる時代がやって来た。

『キャンナルの春色ルージュ、お迎えしました。偶然立ち寄ったデパートで、最後のひとつ。優勝でしかない』

ささやかな見栄だって、SNS上ではご愛嬌。

文章を入力していると、ふと、独特なメロディが耳に入り込んでくる。

『ま～ぬるりんま～ぬるりん、ま～ぬるりんなマヌルネコ～』

普段から、家にいるときには動画サイトを再生したままにしている。壁に映したプロジェクターは、去年宣伝の案件でもらったものだ。

思わず手を止めて顔を上げる。壁に映るのは、ずんぐりとした丸いフォルムが特徴的な、手足の短いネコ。実写とアニメーションがミックスされたこの動画は、アニメのオープニングのものらしい。

「いろんなものが流行るなぁ」

意識をSNSに戻して最終チェックをし、投稿ボタンをタップする。あっという間に、電波を通してわたしのライフスタイルは世界中へと発信される。

「ま〜ぬるりんま〜ぬるりん」

無意識にわたしの口は、先ほど聞いたばかりの歌詞を口ずさんでいた。

東京丸《まる》の内《うち》、新しく出来たビルの最上階。手軽にフレンチが楽しめるレストランは、ちょっと高めの値段設定のためかランチタイムでもゆったりと食事が出来る。

「絢未《あやみ》先輩見てくださいよ、かわいい〜！」

窓際の席で、後輩の真里菜《まりな》ちゃんとわたしはデザートである桜色のシャーベットを写真に収めたところだった。

「この時期って本当いいですよね。桜モチーフとかピンクで溢れてて」

「分かる、コスメもたくさん欲しくなっちゃう」

わたしの言葉に反応するように、真里菜ちゃんが目を輝かせる。

「そういえば！　ＳＮＳ見ましたよ～キャンナルのルージュ買えたんですよね！」

いいなぁという声に、胸の奥で自尊心が満たされていく。だけどそれを表には出さず、なんてことのないようにシャーベットにスプーンをしゃくりと差し込んだ。

「たまたま行ったお店にあったの。ラッキーだっただけだよ」

「やっぱりそういう物は、先輩みたいな人のところに渡るようになってるんですねえ。大体、〝インフルエンサー〟って肩書きもおしゃれすぎません？」

「そんないいものじゃないよ、趣味でやってるだけなんだから」

真里菜ちゃんの言葉に苦笑しながら、スプーンを口へと運ぶ。

シャリッとした冷たい感触が気持ちいい。ただ、何味なのかはよく分からなかった。いちご味というわけでもなければ、桜の風味という感じでもない。だけどそんなことは、わたしにとって重要ではなかった。

「今日のランチも投稿します？」

「かわいい後輩と、春ランチを楽しみましたって書くよ。一緒に写ってくれる？」

「わぁ、嬉しいです～！」

かわいくておしゃれなこと。色使いが華やかなこと。みんなが憧れるようなこと。

それらの要素は〝画面上で映《ば》えること〟に不可欠だ。わたしにとっては。

伊藤《いとう》絢未、二十六歳。大手アパレルメーカーの本社で働くわたしのもうひとつの顔は、フォロワー十万人のインフルエンサーだ。


「そういえば、マヌルネコって知ってる？」

オフィスへ戻る道中、ふと真里菜ちゃんに聞いてみる。

小さい頃からペットを飼ったことはないし、動物園や水族館に夢中だった時期もない。特に動物に思い入れがあるわけでもないのだが、耳の奥で何度も何度も、昨日聞いたあの曲がリプレイしている。

真里菜ちゃんは綺麗に巻かれた髪の毛を指先でくるりとさせながら、大きく頷く。

「もちろん知ってますよ。あの丸いフォルムがかわいいですよね！　でも一筋縄ではいかなそうなところも良いっていうか」

「一筋縄ではいかなそう？」

「そうです、純度百パーセントの全力かわいい！とかじゃなくって、くぅ〜なびかないなぁ、そうだよね！みたいな感じですよ」

「ツンデレ的な……？」

マヌルネコをよく知らないからか、真里菜ちゃんの言っていることがピンとこない。しかし真里菜ちゃんは「ツンデレというか……」と考える表情を見せてから、ポンと手を打った。

「ふてぶてしさが良いんですよ、ふてぶてしさが！」

人間ではマイナス要素になりそうなものが、マヌルネコではプラスに力が働くらしい。

「あれだけふてぶてしく生きられたらいいですよねえ」

真里菜ちゃんの声にうっとりとした色が混じったのを感じたわたしは、「ネコだから許されるんだろうね」と深追いしないように返す。

頭の中では相も変わらず、あのメロディが流れていた。


——アヤミさん、キャンナルのルージュ使ってみてどうですか？　つけているお写真見たいです！

「〝今度、写真アップしますね！　肌馴染みも良さそう〟っと」

——コスメの収納ってどうしてますか？

「〝クリアケースに収納しています。綺麗に並んでいるコスメを見ると、テンションが上がるのでオススメ〟」

——今日も顔は加工だらけですね。本当の姿はまるで別人だったりして。

「……出たな、アンチ」

ベッドの上、SNSのコメントを返していたわたしは、大きくため息を吐き出す。

フォロワーの数イコールわたしを好きな人の数、ではないことくらい、この四年間のSNS生活で学んできた。確かに顔が写っているものは多少の加工を施してはいるが、そんなの誰だってやっていることだ。それに、別人というほどでもない。

こういうのは、反応しないのが一番だ。どうせ嫉妬《しっと》が大半なのだから。

ひと呼吸ついて、次のコメントに移る。いくつも寄せられるコメントに返事をするというのは、SNSを始めるときに決めたことだ。ちょっと気合を入れないと全部に返せないくらい、今ではたくさんのコメントが届く。

——いつも美人で憧れています。今度、お部屋のインテリアなども見たいです。

「〝部屋は自分のお城！なので、色々とこだわりが詰まっています。今度まとめて投稿しますね〟っと」

体を反転させ、サイドテーブルに置いたマグカップに手を伸ばす。カシャンカシャンとボールペンやリモコンが落ちていくけど気にしない。インスタントの緑茶をごくりと飲んでテーブルに戻すと、今度は絡まったコードが落ちた。何のコードだったかな、イヤフォンだったか、マッサージクッションだったか。

わたしはゆっくりと、自分の城《へや》を見回した。

床に散乱する、洋服や鞄やバスタオルやぬいぐるみやビニールに入ったままのヨガマットやエトセトラ。マグカップを置いたサイドテーブルの上には、積み上がった文庫本や使わなくなったピアスやリングたち。ボールペンやコード類が落ちてもなお、ここにはたくさんの物たちが散らばっている。まるで、次は自分かと飛び込み台の順番待ちをしているみたいだ。

埃をかぶった小さめのテレビはタオルを干すための場所と化しているし、廊下には届いたまま開けていない段ボールの箱もいくつか積み上げてある。中身は大体把《は》握《あく》している。ネットの広告でちょこちょこ出てくるダイエット食品や器具たちだ。

先日、ルージュの写真を撮るために物を左右に寄せて作った不自然な空間。そこにぽつんと佇むチューリップの黄色がやたらと目立って見えて、思わず目を逸らす。

〝部屋の片付け　方法〟。

恐る恐るスマホの検索画面に打ち込むと、検索予測の欄に〝汚部屋《おべや》〟という言葉が出てきて、慌ててスマホを裏返した。

「……やろうと思えば、いつでも片付けられるし」

誰がいるわけでもないのに、言い訳をするように言ってみる。

だってわたしは、忙しいんだ。

毎日ちゃんと出勤して、仕事もしっかりこなしているし。

友達や恋人との付き合いだって大事だし。

インフルエンサーとして、有益な情報を発信する義務があるし。

そのためには情報収集や買い物も欠かせないし。

画像の編集や投稿する文面を考えて、コメントに返事をする時間も必要だし。

わたしにとっては、今の状態が一番落ち着く。何がどこにあるかだって、わたしなりに分かっているんだから何の問題もない。部屋がちょっと散らかっていることくらい、なんでもない。だってわたしの人生は、ちゃんとうまくいっているから。

自分に言い聞かせ気持ちを切り替え、コメントへの返信を再開する。しかし、画面の右上には赤いマーク。いつの間にか、バッテリー残量が十パーセントを切っていたみたいだ。

「充電しなきゃ。ってあれ？　いつもこの辺にあるのに」

枕の下にシーツの隙間。目覚まし時計の後ろ側に、ベッドと壁の隙間。どこを見ても、充電器は見当たらない。

物という物を掻き分けてやっと見つけた頃には、スマホの画面は真っ黒になってうんともすんとも言わなくなっていた。

「伊藤さん。悪いんだけどこの資料、出先にいる神崎《かんざき》くんに届けてくれないかな。そのまま、今日は直帰しちゃっていいからさ」

午後三時過ぎ。係長が白い封筒を片手に、わたしのデスクまでやって来た。

「今日の商談に必要な書類らしいんだけど、うっかり忘れちゃったみたいでね。まったく、神崎くんらしいよね」

困ったように笑う係長は、四十歳ちょっと過ぎ。同期はみな、昇進しているらしい。それでも温厚でゆったりとした雰囲気の係長は、みんなから慕われている。

「分かりました。でも、本当に直帰しちゃっていいんですか？」

ホワイトボードに書かれた神崎さんの出先は、ここから電車で三十分程。渡す時間を鑑《かんが》みても、定時である五時前には余裕でオフィスに戻ってこられるだろう。

「伊藤さん、この間も残業してくれてたし。たまにはね」

係長の言葉に素直に甘えることにして、荷物をまとめる。その様子を見ていた真里菜ちゃんが、引き出しからチョコレートを取り出しながら「認められてますねぇ」と、ほぅっとため息をついた。

「いいなぁ絢末先輩。神崎さんにお届け物なら、わたしも行きたかったですよぉ」

「そんなこと言ってたら、彼氏に怒られちゃうよ？」

「推しと彼氏は別ですって～！」

営業部の若手エースである神崎さんは、明るく人懐っこい性格で社内外問わずに大人気。仕事できっちりと結果を出すところや整った顔立ちも手伝い、真里菜ちゃんのように彼を〝推し〟だと言う人も少なくなかった。大事な書類を忘れて『神崎くんらしい』で済むのも、彼の人望ゆえだろう。

スプリングコートを羽織ってバッグを手に持つ。

「じゃあ、あとはよろしくね」

「はーい、お疲れさまでーす」

周りに軽く会釈をし、エレベーターホールへと向かった。


東京と一口に言っても、地域によってその様相は様々だ。丸の内のようにオフィスが立ち並ぶ街もあれば、高級住宅が立ち並ぶ街もある。山が見える自然豊かな街もあれば、ちょっとさびれた下町の雰囲気が漂う商店街が現れることもある。

神崎さんがこれから商談する取引先は、そんな商店街を抜けたところにある年季の入ったビルだった。

「絢未ちゃん！　ごめん、助かったよ」

ビルの前にいた神崎さんは、わたしを見つけるとこちらへと駆け寄ってくる。その様子はかわいらしい柴犬を彷彿《ほうふつ》とさせて、小さく笑みが零れた。

「もう本当、俺ってなんでこんなそそっかしいのかなぁ。絢未ちゃんも仕事たくさんあったのに、本当ごめん」

細身のスーツを着こなしている神崎さんは、どこからどう見てもかっこいい部類なのに、こうして見ると、かわいいを持ち合わせているのだと再認識させられる。人間の魅力というのは、ひとつの要素だけでは成り立たないのかもしれない。

「大丈夫ですよ。おかげさまで、直帰していいって言われちゃったし」

「俺もこの商談のあとは予定ないから、夕飯でもどう？　うちで鍋でもいいけど」

「鍋って、もう春だよ？」

「それじゃ、桜春鍋とか？」

「なにそれ、聞いたことないよ」

クスクス笑うと、神崎さんが目を細める。

彼は本当に、色々な表情を見せる人だ。優しくて、おもしろくて、思いやりがあって、正義感が強くて、芯があって、根が真面目で。だけどこんなにも柔らかな表情をするということは、付き合ってから初めて知った。

三カ月前、神崎さんから『付き合ってほしい』と言われたときには本当に驚いた。神崎さんとは仕事上でのやりとりをすることはあったけれど、個人的な連絡先を知っているわけでも、プライベートなことを話すような間柄でもなかったから。

それでも普段の様子から、わたしだって神崎さんのことを素敵な人だなとは思っていた。彼は仕事をしているわたしのことも、インフルエンサーとして情報を発信しているわたしのことも、どちらも認めてくれている。わたしたちの関係は、会社の誰にも打ち明けてはいなかった。

「このあたり、昔ながらの個人店が多いんだ。レトロな造りのところもあって、SNSにもいいんじゃない？　一時間半くらいで終わると思うから、どこかで待っててくれたら嬉しい」

神崎さんは、とてもストレートな人だ。こんな風に言ってくれると、こちらも素直に「待ってます」と返したくなる。

「それじゃ、終わったら連絡する」

「頑張ってください」

わたしの言葉に、神崎さんは笑顔を見せてビルの中へと消えていった。

神崎さんが言っていた通り、このあたりは古くからの路面店が多いようだ。ハイセンスでおしゃれという雰囲気とは違うけれど、ぱんぱんに膨らんだエコバッグを手に八百屋や魚屋を覗くお母さんたちの姿に、親しみを覚える。この街は、自分が生まれ育った場所に似た空気が流れている気がしたから。

どこからか聞こえてくる学校のチャイムの音とか、お惣菜屋さんから漂う揚げ物の匂いとか、「お得だよー！」というお店のおじさんの声だとか。

そんな中、芳醇《ほうじゅん》な香りが鼻孔《びこう》をくすぐった。

「コーヒー？」

この雑多な空気の中で、ちょっと異質なような、だけどうまく調和がとれているような、そんな不思議な香りに思わず鼻をスンと鳴らす。香りは色も形もないはずなのに、よくアニメやマンガで描かれているふわふわと漂うものが見えるみたいだ。まるでイヌかネコじゃないかと思いながらも、匂いを辿るように足を進める。

こっち……じゃないな。匂いが弱くなった。

あ、この方向かも。香りがしっかりする。

そうして辿り着いた先には、年季の入った焦げ茶色の木のドアがあった。顔のあたりにはステンドグラスがあしらわれていて、それこそレトロな雰囲気だ。ドアのそばに置かれた立て看板も昔よく見かけたタイプのもので、コンセントに接続されていないコードが無造作にまとめられている。

ここに書かれているのが店名なのだろう。劣化のせいか、文字の一部が変色してしまっている。

「喫茶マーヌル……?」

ヌ、なんて発音したことがない。ヌとドの間のような音にしてみたが、正解かどうかは分からない。店内の様子は、ステンドグラスを通してではよく見えなかった。

神崎さんの言っていた時間までは、まだ一時間ほどある。普段あまりコーヒーは飲まないけれど、このドアの向こうには想像以上の何かがあるのではないかという好奇心がむくむくと湧き上がる。それに、いつも都会で過ごしているインフルエンサーがレトロ喫茶でコーヒーを嗜むというのも、意外な組み合わせで良いのではないか。

ドキドキと高鳴る胸の前で拳を握り、そっと深呼吸をする。そうしてわたしは、木製のドアを押し開けたのだ。

——チリンチリン。

鈴の音までもがノスタルジックに響いたのは、開いた扉の向こうに広がっていた世界が、まるで別世界のように思えたからかもしれない。

カウンター席とテーブル席がふたつしかない、こぢんまりとした店内。家具はすべてアンティーク調のつやりとした木製のもので揃えられ、カウンターには化学の実験を彷彿させるような形のもの（たしかサイフォン式という名前だった気がする）や、使い込まれているコーヒーミル、じょうろのように先が細いシルバーのポットたちが並んでいる。店内を照らすのは、ぽわりと浮かぶ吊り下げ式のオレンジライト。流木のようなものが数本組み合わされた立派なオブジェが印象的だ。

「いらっしゃいませ」

眼鏡をかけた、白いシャツに黒いエプロン姿の男性がカウンターの中で穏やかに微笑む。いかにも、喫茶店のマスターっていう感じだ。年齢は、四十代といったところだろうか。

「ひとりなんですが」

「どうぞ、お好きな席へ」

優しそうなマスターさんでよかった。ドキドキしながら、一番奥のカウンター席に腰を下ろした。ちょうど、オブジェが目の前に見える席だ。

わたしとは反対側のカウンターの端には、制服姿の女子高生。喫茶店に女子高生？と思ったものの、そこで落ち着いて勉強をしている彼女の姿はあまりに自然で、すぐに気にならなくなった。彼女とわたしの他に、お客さんはいないようだ。

小さな用紙に、手書きでメニューが書かれている。色々な種類があるようだったけれど、正直詳しくないので困った。普段行くようなカフェのメニューとは異なり、産地や淹れ方が書いてあったからだ。

「おすすめは、当店オリジナルのブレンドコーヒーです。他に、紅茶や緑茶などもありますよ」

マスターの後ろの棚には、同じ形の缶が整然と並んでいる。そのひとつひとつに手書きで英語の文字が書かれているから、コーヒー豆や茶葉が入っているのかもしれない。この棚を見るに、マスターは几帳面《きちょうめん》なタイプなのだろう。

「ブレンドコーヒーをお願いします」

「かしこまりました」

マスターは恭しくお辞儀をすると、カウンターの中で作業を始めた。そのときに、わたしは気付いたのだ。目の前にある流木のオブジェの中央に、大きな毛もじゃな生き物がいることに。

「え……?」

大きい。とにかく大きすぎる。

存在感という三文字を、全身から放っているようなずんぐりむっくりとした、まんまるフォルム。グレーとベージュが混ざったような不思議な色の毛は、まさに〝もふもふ〟という表現そのもの。木から垂れ下がった尻尾は、ぼわりと広がりまるで毛ばたきのようだ。

ぽてっとしている横長の耳に、頬に入る黒筋の模様。黄金色《こがねいろ》の瞳は、まっすぐにわたしのことを見つめていた。

ネコだ。ネコなんだけど、確かこの見た目は――。

頭の中で、あの曲が流れ始める。

『ま～ぬるりんま～ぬるりん、ま～ぬるりんなマヌルネコ～』

そんなまさか。こんな下町の喫茶店にマヌルネコがいるなんて。いや待って、たしかマヌルネコは日本だと動物園にしかいないんだって、真里菜ちゃんが教えてくれなかったっけ。もしかしてこの子は、マヌルネコに似ているただの大きすぎるネコ？　ただのネコがどんなネコなのか知らないけど。

頭の中を整理しようと視線と思考を左右へと彷徨《さまよ》わせていると、再びネコと視線が重なる。その目はひどく不機嫌そうで、わたしを一瞥《いちべつ》するとすぐ、興味を失ったようにフイとそっぽを向く。それから座り直し、おもむろに毛づくろいを始めた。

かわいくない。ネコなのに、びっくりするほどかわいくない。

「お待たせしました、オリジナルブレンドです」

悔しいことに、わたしの意識は完全にネコに集中してしまっていたらしい。マスターの声と目の前に置かれたコーヒーに我に返る。

「……わぁ、かわいい！」

かわいくないネコよりも、目の前のかわいい物にすぐに気持ちは向くものだ。こっくりとした深みのあるコーヒーが入った白いカップとソーサーは、縁と持ち手が金色。陶器部分には青い幾何学《きかがく》模様があしらわれており、異国情緒を感じさせる。しかしそれは不思議なことに、レトロな店内の雰囲気とマッチしていた。

「モロッカン柄というんです。モロッコの建築で使われるモザイクタイル〝ゼリージュ〟から生まれた模様だと言われています」

「モロッコですか……すごく素敵。マスターが選ばれたんですか？」

「いえ、こちらはオーナーが過去に買い付けてきたもので。あ、わたしのことは川《かわ》谷《たに》とお呼びください」

なぜわざわざ名前で呼ぶのだろうか。その疑問が表情に出ていたのかもしれない。川谷さんは斜め後ろに視線をやってから、「マスターとはすなわち店主という意味です。わたしは店を任されている店長ではありますが、店主ではないためその呼ばれ方はふさわしくないかと」と淀みなく説明をする。

マスターの厳密な意味だとか、店主と店長のちゃんとした違いだとか、そういうことを気にしたことがなかったわたしは、少々面食らってしまう。だけど川谷さんが誠実で真面目な人なのだということだけは理解出来たので「分かりました」と素直に答えた。

「いただきます」

金色の持ち手は細いのに、緻密《ちみつ》な装飾がほどこされている。高貴な身分になったような気持ちでそっと口をつけた。

「……すごい、まろやか」

一口飲んでみて驚いた。香り高いコーヒーは、ほろ苦さの中に豊かなまろやかさとほんのりとした甘みをも含んでいたのだ。川谷さんは誇らしげに、だけど控えめに胸を張る。

モロッカン柄のカップにおいしいコーヒー。素敵なマスター……ではなく店長さんに、レトロな店内。ここには、ＳＮＳでも注目される要素が揃っている。

「あの、コーヒーの写真を撮らせていただいてもいいですか？」

ちらりと斜め後ろを振り返った川谷さんは、「大丈夫ですよ。お飲み物は」と答えながらカップを磨き始めた。

スマホのカメラを起動させ、コーヒーとモロッカン柄が綺麗に写るように角度を変える。アンティーク調のテーブルや棚が背景に入るといい。置かれているグリーンも少し入れたいな。

正面、右斜め、左斜め、ちょっと下から。様々な角度からシャッターを切っていると、画面の端にあのネコが写り込んだ。

――ふてぶてしさが良いんですよ、ふてぶてしさが！

ふと力説していた真里菜ちゃんの声が蘇り、「仕方ないから入れてあげようか」などと上から目線で、もう少しネコが写り込むように角度を変える。

――と。

「それは肖像権《しょうぞうけん》の侵害にあたります」

突然、画面が川谷さんの顔でいっぱいになった。

「ひゃ……！」

驚いてスマホを落としてしまう。

「飲み物に関しては撮影していただいても、インターネットに放っていただいても構いません。しかしながら個人はだめです。この世の中、何が起こるか分かりません。特に彼女に関しましては、非常にセンシティブな存在でもありますので」

個人はだめ？　彼女？　センシティブな存在？

インフルエンサーとして活動する中で、そのあたりのことは配慮しているつもりだ。カフェやお店では店員さんに一言断りを入れるし、他のお客さんが写り込んでしまわぬように気を付けている。実際にさっきだって、画面に写っていたのはコーヒーとテーブルに棚、そしてあの大きなネコだけだった。

いくつものハテナが頭の中に浮かんで跳ねる。するとトタンッ、と近くに静かな振動が響いた。

顔を上げたところで、わたしは固まる。だって目の前に、あのネコの鼻先があったから。まるで金縛りにあったかのように、瞬きすらままならない。体中の全神経が鼻先に集中してしまったみたいに、わたしは微動だに出来なかった。

ネコはその距離のまま、ジッと細い黒目で品定めするようにわたしを見る。それから、鼻の上にクシャリと皺を寄せて口を半開きにさせた。

「クサ」

「……え？」

目を細めたネコは、すんとわたしから顔を逸らせあっという間に横を向いてしまう。その首元のもふもふ具合ったらもう。ネコ好きじゃなくても思わず触りたくなってしまうような——。

「って、しゃべった………!?」

ひぃっと体を引くと、その反動で椅子が倒れそうになる。慌てて体勢を整えたわたしは、信じられない思いでカウンターに前足だけをついているネコを見た。これは多分、立っている。カウンターの中で、二足で自立しているのだ。ネコはにやりと目を細めると、前足でヒゲをぴぃん、と弾いた。

「ごっ、ごちそうさまでしたっ……!」

千円札をテーブルに叩きつけるようにしたわたしは、逃げるように店を後にしたのだった。


「どうかした？　ぼーっとしてるけど」

おしゃれなジャズが流れる店内は、焼き鳥屋とは思えない洗練された雰囲気だ。その個室で、神崎さんは心配そうにわたしの顔を覗き込んだ。

「あっ、えっと、大丈夫！　ごめんね」

一瞬、「ネコってしゃべると思う？」と出かかった質問を喉の奥に押し込めた。

結局あのあと、喫茶店を出たところで神崎さんから連絡が入り、彼がおすすめだというこのお店にご飯を食べに来たのだ。三つ年上で付き合いも広い神崎さんは、色々なお店を知っている。

焼き鳥屋をリクエストしたのはこのわたしだ。ネコに言われた(ような気がした)「クサ」という一言が頭から離れなかったから。

この二文字が表すのは一体何なのか。

なんでも写真に撮ろうとするわたしへ、軽蔑《けいべつ》的な意味を表すネットスラングの

それとも、もっと一般的に使われる『臭い』の『クサ』?

「w」の読み方である『クサ』?

たしかに部屋は片付いているとは言い難いけれど、ちゃんと洗濯はしているし食器だって洗っている。ちょっと物は多いと思うけれど、不潔なわけじゃない。

——だけどもし、本当に臭かったら?

そんな不安から、自分の匂いが目立たない焼肉か焼き鳥をリクエストしたのだ。それがまさかこんなおしゃれで、煙なんて全く入ってこない個室に通されるだなんて。何度かこっそり袖口などを嗅いでみたけれど、香水の香りがするだけだ。いやそもそも、ネコがしゃべるということの方が非現実的なんだから気にする方がおかしい。きっとあれは、何かの聞き間違いだ。そうに違いない。

「あさっての土曜、どこか行きたいところある?」

神崎さんの声に、再び我に返る。彼はわたしのお皿に七味を取り分けているところだ。本当に神崎さんは、細かなところにまで気が利く。

「桜を見に行きたいなぁ」

「そしたらさ、目黒川《めぐろがわ》に行こうか。ちょうど中目黒《なかめぐろ》に、行きたいインテリアショップがあるから付き合ってくれる?」

「もちろん」

神崎さんは、とてもセンスがいい。白と黒を基調とした部屋は余計な物が置かれていなくて、さっぱりとしている。テーブルや床、棚の上に何かを置くのは嫌いらしく、いつ行っても片付いているのがわたしにはすごく不思議だった。それと同時に、大きな大きなプレッシャーでもあった。

「そろそろ、絢末ちゃんちにも行きたいんだけど」

さらりと放たれた言葉に、わたしの背中にはひやりと汗が一筋走る。ドッドッと心臓が重く、だけどしっかりとした音を持って鼓動する。

付き合って三カ月。季節だって、冬から春へと変化した。神崎さんの家へは何度も行っているし、合い鍵だって渡してくれた。それなのにわたしは、まだ一度も、たったの一度も、彼を自宅に招いてはいなかった。

「ごめんね、今週は妹が泊まりに来てるの」

「そうなんだ。今度、妹さんにも会わせてよ」

なんの疑問も持たず、明るく笑ってくれる神崎さん。

口をついて出た嘘は、チクチクと心を刺す。先々週は『従妹《いとこ》が泊まりに来ている』、その前は『両親が泊まりに来ている』とわたしは嘘を重ねてしまっている。その度に彼は、不機嫌な顔ひとつしないでわたしの言葉を信じてくれる。

申し訳ないと思ってる。本当はわたしだって、神崎さんに家に来てほしいし、合い鍵だって渡したい。だけど無理だ。あの部屋を彼に見せる勇気は、わたしにはない。今度こそ掃除する！と決意はしている。決意だけは、もう何十回も何百回もしてきている。

だけど、今度こそは。

「今週はだめだけど、来週の土曜日はどうかな」

意を決し、顔を上げる。いつまでもこんなことを続けるわけにはいかない。嬉しそうに笑う神崎さんを前に、テーブルの下で両手をぎゅっと握った。

「さて、やりますか！」

あのあと、二軒目は行かずにわたしはまっすぐに家を目指した。途中、コンビニで大きなゴミ袋を数パック購入。

やる。やるんだ。やってやるんだ。人間、死ぬ気になればなんだって出来るって誰かが言ってた。明日も仕事だけど、思い立ったが吉日という言葉もある。一度にやろうとせず、少しずつコツコツと片付けていこう。ベッドの上でジャージに着替えたわたしは、腕まくりをして鼻からひとつ大きな息を吐き出した。

そして、三十分後。

「これはまだ着るかもしれない。あーこれ限定品だったアイシャドウ！　行方不明になってたけど、こんなとこにあったんだ」

部屋の中は、一向に片付いていない。というか、ゴミ袋が一向に膨らんでいかないのだ。

「この靴、二回しか履いてないやつだ。靴擦れしちゃうんだけど、かわいいから捨てるのはなぁ」

クローゼットを開ければ、さらに収拾はつかなくなる。

入手困難なシルクスカーフ、うまく使いこなせずにほぼ未使用。

人気モデルがプロデュースしたことで話題となり、先行予約で買ったワンピース。

実物はイメージとだいぶ異なり、タグ付き未着用。

数年前にボーナスで買ったブランドバッグ、数回使用後クローゼット内で冬眠。

――とまあ、こんな感じでまったく掃除は進まない。だけどどれもまだまだ使える物ばかりだし、中には高価な物もあるし。どのアイテムもＳＮＳで評判も上々だった価値のある物たちだ。

「だめだ……捨てられない……」

一向に床が見えてこない部屋に、がくりと肩を落とす。この部屋が狭すぎるのかも、という考えが浮かび、すぐさまそれを振り払う。広さが九畳ある１Ｋというのは、どちらかと言えば、ひとり暮らしにはゆとりのある設計だ。収納が充実しているところを選んだし、神崎さんの部屋は七畳だけど綺麗に片付いているし、うちよりずっと広く見える。

片付けられない。捨てられない。

たった、たったそれだけのことだ。それだけのことが、こんなにも情けない。本当に約束の日に、神崎さんを部屋に招けるのだろうか。

「いつからわたし、こんなになっちゃったんだろ……」

汚部屋。片付けられない女。だらしのない人間。

そんな単語が、呪いの札のようにぺたりぺたりと全身に貼られていく。いや、貼っているのは自分自身でもあった。

ちゃんとしているように見えていても、華やかだと思われていても、わたしという人間はこんなものだ。ちかちかとした鮮やかな色彩たちが、あちらこちらで存在感を主張する。規則性なく物と色が散乱する中、わたしは膝を抱えて泣いた。

瞼《まぶた》の裏、規則正しいモロッカン柄と、あのネコの顔が浮かんでは消えていく。その後ろでは、再びあのメロディが鳴り響いていた。


その夜を境に、色々なことがうまくいかなくなった。

SNSではなぜかアンチコメントの数が増え、コメント欄でフォロワー同士のバトルが繰り広げられた。アヤミ信仰派VSアヤミうざい派。自分とは離れたところで、自分を中心とする言葉の戦いが繰り広げられる。わたしが口を挟もうものならさらに炎上しそうな気がして、初めてアプリをスマホから削除した。

仕事では珍しくミスをして、取引先から怒られた。係長や真里菜ちゃんがフォローしてくれたけれど、申し訳なくて恥ずかしくて、ひたすら頭を下げることしか出来なかった。

そして神崎さんとの関係にも、不穏な空気が流れている。それはわたしが、自分からの提案を引き延ばそうとしたからだ。どう考えても、土曜日までに部屋を片付けるのは無理だった。だから『妹がもう一週間泊まりたいって言っていて』と嘘をついてしまったのだ。神崎さんは数秒の沈黙ののち、『分かった』とだけ言った。いつものように、笑ってはくれなかった。そこから、会社でも目が合うことがなくなった。連絡も来ていない。わたしから送りたいけれど、別れを切り出されそうで怖くて動けなかった。

家に入った瞬間、真っ暗な部屋がほのかに黴《かび》臭く感じ、わたしは泣いた。全部全部、自分のせいだ。自業自得だ。

ただ片付ければいいだけなのに。ただ捨てればいいだけなのに。そんな簡単なことが、わたしには出来ない。

ネコがわたしに言ったように思えたあの二文字は、どちらの意味もあったのだろう。

自分がどう見られるかだけに固執していたわたしを嘲笑《あざわら》う『クサ』と、柔軟剤では誤魔化しきれなかった黴『クサ』さ。

なぜか無性に、あのコーヒーが飲みたくなった。あのネコに、会いたくなった。

🐾

「ああ、よかった」

チリンチリンという鈴の音のあと、川谷さんのほっとしたような声が響く。

神崎さんがうちに来るはずだった、土曜日の午前十一時。わたしは喫茶マーヌルの扉を開いた。神崎さんとの約束は、連絡を取らないうちに立ち消えになってしまった。

「お釣りをお渡し出来ていなかったので、どうしたものかと思っていたんです」

川谷さんはそう言うと、白い封筒をこちらへと差し出す。そこにはわたしがここを訪れた日付と時間帯、お釣りの金額が書かれている。

「……すみません、先日は突然飛び出したりして」

川谷さんの真面目さを前に、深く頭を下げる。お釣りを渡しそびれたことは、川谷さんの気を揉ませてしまっていたかもしれない。

しかし川谷さんは「いえ」と穏やかに微笑む。

「絶対にあなたはまたいらっしゃると、相沢《あいざわ》が言うものですから。いやぁ、たまには当たるものですねぇ」

相沢さん？　聞き慣れない名前に、わたしは店内を見回す。今日もお客さんはカウンター席の端にひとり若い女性がいるだけ。なんとなく見覚えのある横顔に、すぐに思い当たる。この間、制服を着ていた女子高生だ。今日は休日だから私服なのだろう。彼女が相沢さんだろうか。しかし、なぜ？

「たまには、って失礼ね。れっきとした占いの結果。実力よ、実力」

重厚感のある、ふてぶてしい声が正面から聞こえる。見なくたって、分かった。常識とか普通とかそういう価値観を吹っ飛ばして、わたしの本能がその声の正体を分かっていた。

「で、あんたは何を占ってほしいって？」

ずんぐりむっくりとした大きなネコが、目を細めてわたしを見ていた。

動物がしゃべる映画や絵本は、これまでだってたくさん目にしてきた。どれもかわいくて、ファンタジー色があって、安心して楽しむことが出来た。しかし、紫のベールと金の輪を頭に乗せた自称占い師のネコは、柔らかそうな毛とずんぐりとした見た目が持つかわいさを上回る胡散臭《うさんくさ》さだ。

「あの、本当に占い師なんですか？」

「何よ、疑ってるワケ？」

このお店では、喫茶のサービスとして占いをしてくれるらしい。しかも、あのネコが占ってくれるというのだ。正体不明なネコに、怪しさがプラスされた。

「あの、ネコさん……」

「マヌルさんってお呼び」

右の眉（なんてないはずなのだが）をクイッと上げたマヌルさんは、ふぅと鼻から息を吐き出すと「あたしの見た目と店の名前から察せられないもんかしらねえ」と呆れ顔を見せる。

「店名って、マーヌルですよね？」

わたしが頑張ってヌを発音すると、マヌルさんは一瞬ぽかんとした顔をしたあとにカッカッカッと上を向いて笑った。ちらりと牙が見えて、ちょっとどきりとする。

「喫茶マーヌルよ。元々ここ、マーブルって店名だったんだけどね。マヌルネコがオーナーやってんだから、マーヌルのがいいでしょうよ。看板だって一本線を付け足せば、作り直さなくても済むし、ってね。でもほら、濁点はうまく消せなかったからそのまんまにしてんの」

マヌルさんはそう説明すると、「喫茶マーヌル」とわたしの真似をしてはひとりでブフッと吹き出している。だけど不思議と、馬鹿にされているような心地悪さは感じなかった。

それはもしかしたら、マヌルさんが通してくれたこの個室（占い専用の部屋なのだそうだ）のこぢんまりとした雰囲気だとか、異国情緒のあるお香の香りだとか、前回とは少し違うパターンのモロッカン柄のカップのかわいさだとか、そういうのが心を柔らかくしてくれていたからかもしれない。

そしてもちろん、この現実離れしたマヌルネコの占い師の存在によるものでもあるだろう。人間に同じことをされたらムッとしてしまうことでも、マヌルネコなら仕方ないかと思ってしまう節もある。真里菜ちゃんが言っていたのは、こういう意味なのかもしれない。

個室の壁にはモロッカン柄のタイルがセンスよく配置されていて、吊り下げられたグリーンの蔓と共に不思議な空間を作り出していた。アンティーク調のテーブルを挟み、向かい合うように置かれた椅子。ジャラジャラとしたビーズのついた、重厚感のあるスタンドライトが、この部屋唯一の明かりのようだった。

「で、占いに戻るけど」

マヌルさんはぴたりと笑うのをやめると、再び透明の丸い水晶に顔を近づける。切り替えが早すぎる。

「あんたが知りたいのは、今後運気が向いてくるかってことね？」

「……あ、はい。今はなんというか、仕事もプライベートもうまくいかなくって」

「SNSも？」

「え？」

ここまで、わたしがインフルエンサーをしていることは一度も話していない。それなのに、マヌルさんはなんでもお見通しというようにこちらを見つめている。実は有名な占い師なのかもしれない。

「店で写真撮る人間なんてのは、基本的に思い出作りが大好きか、SNSで自己アピールしたいかのどっちかなのよ」

しかし、マヌルさんはなんてことのないような顔でそう言った。

「で、あんた目をぱちぱちさせながら自分のことも撮ってたから後者かなと」

不思議な力で当てられたというわけではないけれど、マヌルさんの言葉はその通りで、改めて言われ恥ずかしくなりながらも、そのまま首を縦に振った。

「わたし、そこそこフォロワー数もいるインフルエンサーやってるんです」

最初は、学生時代の友人たちとの繋がりのために始めただけだった。周りと同じように、その日に食べた物や買った物を投稿していく。それがいつからかフォロワー数が増え、画面の向こうの誰かから注目され、いくぶんかの影響力を持ち、様々な企業から宣伝してほしいという案件が増え始めた。プライベート用と宣伝用と分けていたわけではなかったから、わたしがインフルエンサーをしているということは周知されていった。そうしてわたしは、いつでもキラキラと輝いている自分でいなければならなくなった。

「だけどなんかだめなんです、ここのところ」

マヌルさんはフムと小さく唸ると、再び水晶にぷくりとした両手をかざす。それから目を閉じながら「マヌマヌマヌマヌ～……」と呪文のようなものを唱え、カッと目を開く。

「水晶に浮かび上がってきてるわ……色々なものが」

「い、色々なものですか」

「そうそう、なんか色々うまくいかないんでしょ、あんた」

「はい、色々と」

「そうよねえ、色々なものが色々になっちゃってるのが見えるわぁ」

先ほどからマヌルさんは、『色々』しか言っていない。水晶には何も映ってないんじゃないかと思ってしまう。

「やっぱり、部屋が汚いのがいけないんですかね」

風水に詳しいわけじゃないけれど、片付いていないと気の巡りが悪くなるというのは聞いたことがあった。

そう口にした瞬間、マヌルさんが「それよッッッ！」と勢いよく立ち上がった。

「汚部屋は悪運の始まり！　手伝ってあげるから、今から掃除するわよ！」

「い、今から？」

「思い立ったが吉日よッ!!」

マヌルさんはそう叫ぶと、個室のドアを開け放った。薄暗い部屋に一気に光が差し込んで、思わずわたしは目を細める。

「絢未、行くわよ」

マヌルさんは仁王立ちで、わたしのことを振り返った。なんでかよく分からないけれど、その姿はとてもかっこよく見えたのだった。

マヌルさんが外を歩いたら大変なことになるのではないか。そんな心配は杞憂《きゆう》に終わった。マヌルさんから店を閉めるように言われた川谷さんが、少し離れた駐車場から車を持ってきてくれたから。

わたしのためにわざわざお店を閉めてもらうなんて、と恐縮したけれど、このお店ではマヌルさんの言うことは絶対なのだそう。カウンターに座っていた女子高生は叶《かない》ちゃんといって、川谷さんのひとり娘。

というわけでなぜか、わたしたちは四人（三人＋一匹、と言ったら怒られるかもしれないけれど）で我が家へと向かった。

「絢未さん、フォロワーめっちゃいるじゃん。すごー」

車の中、助手席に座る叶ちゃんが抑揚のない声で言う。すごいとは思ってなさそうなそのトーンは、わたしには心地よく感じられた。

「いつの間にか増えちゃってたんだ」

「フォロワー数は、自分に向けられた監視の数とも言うもんね。あれ、銃口だっけ」

しれっと核心をつくことを言う叶ちゃん。

胡散臭いマヌルネコの占い師に、生真面目な店長とアンニュイな女子高生。喫茶マーヌルには二度訪れただけなのに、普段では出会わない個性的な面々に、わたしはどこかほっとしていた。

ここにいる三人は、わたしのことをただの伊藤絢未という人間以上にも以下にも、見ていないということが分かるから。

「あんた、彼氏のことは全然投稿してないのねえ」

わたしの横に座っていたマヌルさんは、首を伸ばして叶ちゃんの手元を覗き込んでいる。

「そうですね、言われてみると確かに」

深く考えたことはなかったが、わたしの投稿に神崎さんが登場したことはない。一緒に行ったレストランの食事を投稿することはあっても、『彼と行った』という言葉や、手や洋服の一部なども写り込まないようにしていた。神崎さんから何か言われたことは一度もないけれど、なんとなくそうしていたのだ。

「プライベートの面は載せたくないというか……って、散々顔を出してるのに矛盾って感じですけど」

言いながら恥ずかしくなって自嘲すると、マヌルさんが「人間いろんな面で出来てるもんよ」とこちらを見ないままに言う。それは、開け放した車の窓から柔らかな春の空へと飛んでいく。すん、とわたしは鼻から大きく息を吸う。春の匂いが、胸いっぱいに広がっていった。


「ちょっ、と、これ……、あんた……」

家に他人をあげる。それはもう何年も、してきたことがなかった。パンドラの箱となっていた我が家の扉を、わたしは三人に向けて開け放ったのだ。

絶句する三人に、ぐっと目を閉じる。

そうです、そうですよね。分かります。わたしだってね、見慣れてしまったものの、やっぱりこの状況は相当にひどいってちゃんと自覚して——。

「宝の巣窟《そうくつ》じゃないの！」

しかしマヌルさんは、玄関口から踊るように部屋の中へと飛び込んでいく。こういうときには四足歩行になるらしい。床のかろうじて存在する隙間を縫って、部屋中を移動するマヌルさん。

「あらやだ！　売り切れたやつ！」だとか「これ使えそうじゃなーい！」などと言いながら目を輝かせている。

「相沢」

こほんと咳ばらいをした川谷さんの声に、マヌルさんはぴたりと動きを止める。それからおもむろに立ち上がると、「それじゃ、占いで不要な物と必要な物を振り分けるところから始めましょうかね」と、急にかしこまったような表情でこちらを向いた。

ひとりでは何度も挫折した片付け。誰かがいてくれるというだけで、こんなにも変わるものなのだろうか。

掃除が趣味だという川谷さんは、明らかにゴミだと分かる物を手早く袋へと入れていく。これまで気付かなかったが、レシートやチラシなどが散乱する洋服に紛れ込んでいた。

叶ちゃんはヘッドフォンを装着すると、何やらリズムを取りながら黙々と物を種類ごとに仕分けていく。ワンピース、スカート、トップス、靴下類、鞄、日用雑貨。こうして見ると、なんでもかんでも雑多に重ねていたのがよく分かる。時折、発掘した本のページをめくっては、自分の脇に重ねている。かと思えば、いきなりシャウトし頭を振る。初めはびっくりしたけれど、マヌルさんたちは気にしていなかったので、いつものことなのかもしれない。

「水晶ちゃん、頼むわよ～」

そう言ったマヌルさんは、水晶を片手に「これは不要！　こっちは必需品だから残す！」と手元にある物をこちらに見せつつ仕分けていく。わたしはマヌルさんが不要と言った物を、ゴミ袋ではなく段ボールに詰めていく係だ。もちろんその指示はマヌルさんからされた。

「この色のルージュ、あんたに似合わないんじゃない？　水晶がそう言ってる」

マヌルさんが手にしているのは、去年の春に買ったルージュだ。今年の物とすごくよく似ている色だけど、デザインが少しだけ異なっている。確かにマヌルさんの言う通り、一年前にＳＮＳに写真を投稿してからは使っていない。

「……うん、いらない」

ひとりでやったときには、絶対に手放せなかった。だけどこうやって「似合わない」とずばりと言ってくれる人がいると、一歩踏み出す勇気が出る。

マヌルさんは「しゃ！」とガッツポーズをすると、ルージュのキャップを外した。

「あたしこれ、好きな色なのよ～。あんたいらないなら、もらうわあ」

「え？　マヌルさんが使うの？」

「悪い？」

「いやだって、マヌルさん唇ないんじゃ」

「失礼ねえ～！」

目を大きく見開いたマヌルさんは、口の部分を半開きにして見せる。「ここよ、ここ！」と爪の先で指したのは、歯の手前の二ミリほどの粘膜部分。確かに唇と言えないことはないかもしれないけれど。それでも、このルージュを塗ったら唇からはみ出して、口元の毛にもべったりついてしまいそうだ。

しかしマヌルさんは鼻唄を歌いながら、ルージュを繰り出す。

「ねえ、なんか鏡とかない？」

やりとりを聞いていたらしい川谷さんが「ここにある」とわたしに手鏡を手渡す。それは、わたしが中学生の頃に初めて購入した、手のひらサイズのコンパクト鏡だった。あの頃、クラスの華やかな子たちがみんな手鏡を持ち始めて、学校で暇さえあればそれを覗きながら前髪を直していた。周りに合わせて百円ショップで買ったものの、当時自信のなかったわたしは、その鏡に映る自分を見るのがすごく嫌だった。こんなものこそ、とっくに捨てたと思っていたのに――。

「ちょっと貸してくれない？」

マヌルさんの声に、わたしはコンパクトを開いて手渡した。マヌルさんはフンフフンフと鼻唄を歌いながら、桜色のルージュを唇に塗っていく。やはりわたしが心配した通り、唇だけでなく、牙と口元の毛もほんのりピンク色に染まっていった。だけどそれは、わたしが思っていたよりもおかしくはなかった。なんというか、ちょっとお色気づいたネコ、みたいな愛嬌があった。

「やっぱりね。あたしに似合うと思ったの」

マヌルさんはフフンと鼻を鳴らすと、鏡に映る自分の姿を堪能する。

「誰に見せるんでもないし、あたしがいいと思えばいいのよ」

歌うような言葉に、一瞬息を呑んだ。

――わたしはどうだったんだろう。ここにある物たちは、わたしが本当に望んで買った物なのかな。

「あんた、この鏡はいいの？」

「うん、いらない」

ルージュと手鏡を〝不要〟段ボールへと入れたマヌルさん。どうやらこの段ボールは、マヌルさんのもとへ行くことになるみたいだ。

マヌルさんは水晶を片手に、ときには放り出して、部屋にある洋服や物たちを仕分けていく。いつの間にかそれは、必需・不要・ゴミ、という三種類になっていた。あっという間に〝不要〟の段ボールはいっぱいになっていく。だってそこには、わたしが必死に集めては行方不明にしていたコスメや鞄や帽子までもが入っていたから。

「これいいじゃないの！　開封すらしてないの？」

マヌルさんが鼻息を荒くしているのは、腹筋を鍛えるために買ったローラー器具。車輪の両脇に取っ手がついているものだ。どう考えてもマヌルさんには必要がなさそうに見える。だけどマヌルさんは欲しいのだろう。それに、ローラーを使っているマヌルさんを想像したらちょっとおもしろい。速攻で「これはあんたには不要って出てる！」と言い切ったマヌルさんは、ローラーを段ボールへと収めた。

「あら、これは〜……ってクッサ！」

見た目がかわいい香水は、マヌルさんのお気に召さなかったらしい。

「これ、いるワケ？」

「いいえ……」

一時期ＳＮＳで流行っていた香水は、数度つけたが、わたしもあまり気に入っていない。

「ねえ。あんた本当にずっと片付けられなかったの？」

「何度もチャレンジしたんですけど、ゴミ袋ひとつ分も捨てられなくて」

「ＳＮＳにまた上げるかも、って思ったりして？」

「うーん……。自分でも、よく分からないです」

そうこうしているうちに、マヌルさんの判断がなくても自分で必要な物と不要な物の見分けがつくようになってきた。マヌルさんと叶ちゃんもいらないと言った不要品は、〝寄付〟と書いた段ボールに詰めていく。これは川谷さんが提案してくれたことだ。

掃除を始めてから、数時間が経過していた。途中からスピードが上がり、部屋の中にはゴミ袋がいくつも積み上げられている。つまりそれだけ、この部屋が必要のない物で溢れていたということだ。

数年前に行われたイベントの招待状が手元に出てきて、苦笑いしながらゴミ袋へと入れた。きっと多分、あの頃のわたしには、こんな紙切れひとつも黄金のチケットに見えていたのだろう。自分のステイタスがまたひとつ上がるのだ、と。

「キラキラした自分が崩れるかもしれない。そう思うと怖くて、手放せなかったのかも」

この数年でわたしが集めてきたのは、どれもインフルエンサーとしての自分を着飾るための物たちだった。欲しいから、かわいいから、好きだから、という純粋な気持ちではなく、みんなが欲しがっているから、価値があるから、評判がいいから、という周りの目ばかり意識してきた。

わたしは、自ら選ぶということ自体を、忘れてしまっていたのかもしれない。それどころか、自分が本当に好きなものや、大事にしたいことまでも。

「必死になって築いているつもりだったけど、中身は空っぽだったんだな……」

そう呟くと、情けなさと虚しさがじゅわりとみぞおちあたりに滲む。何もかも持っているつもりになっていたけれど、実際には何も持ってなんかいない。それどころか、本当の自分自身まで見失って。

「選んでるじゃないの、ちゃんと」

「え……？」

「本当に大事にしたいものは、見せびらかしたりしないもんよ。満たされてるって自覚してれば、他人の承認なんて必要ないんだから」

車の中での、マヌルさんとのやりとり。SNSに投稿しない、本当に大事なもの。

——ああ。わたし、ちゃんと自分で大事にしたい人がいる。

インフルエンサーであるわたしじゃなく、繕っているわたしじゃなく、本当のわたしが心から愛おしいと想う人が。

マヌルさんの声はゆったりとしていて、さらには鼻唄も混じったような響きを持っていて、不覚にも鼻の奥がツンと熱くなる。

そうしてポケットからスマホを取り出した瞬間、「あっ」と小さく声が出た。神崎さんからの、不在着信が入っていたから。

「あらぁ～」

横からスマホを見たマヌルさんが、にやりと笑う。そのときだった。玄関のチャイムが鳴ったのは。インターフォンの画面に映ったのは、私服姿の神崎さん。

「ちょっと！　かわいい顔してるじゃない、あんたの彼氏」

マヌルさんの言葉に答えず、わたしは玄関まで走り勢いよくドアを開けた。

「突然来てごめん！　だけどどうしても話がしたく……て……」

両手を合わせた神崎さんが、顔を上げると同時に言葉を止める。それもそうだろう。目の前には、ゴミ袋だらけの部屋、見知らぬ男性と女子高生、水晶を手にして仁王立ちするマヌルネコ、ぐしゃぐしゃの泣き顔のわたしがいるのだから。

「え、ええっと……？」

「わたし部屋が汚くって……、物が捨てられなくって……。全然キラキラしたインフルエンサーなんかじゃなくって……」

戸惑う神崎さんを前に、涙はぼろぼろ止まらない。

ごめんね、たくさん嘘をついて。ごめんね、理想のわたしじゃなくて。ごめんね、ごめんね、こんなわたしで。だけどね。

「神崎さんが大好きなんです～……！」

わぁんと思わず泣いてしまった。知らなかった。わたしこんなにも、こんなにも彼のことが好きだったんだ。

目の前の神崎さんは一瞬の間のあと、力が抜けたようにくしゃりと笑った。

「なんかよく分かんないけど、俺も絢未ちゃんのこと大好きだよ」

わたしの後ろでマヌルさんが「ほらね、あたしの占い通り」と言ったのが聞こえた。

仕事から帰ってきてポストを開けると、白い封筒が入っていた。川谷さんがいつだったか、お釣りを入れてくれていたものと同じだ。表には綺麗な字で〝伊藤絢未様〟と書かれている。差出人欄には、均一に並ぶマヌルの三文字。マヌルさんの正体はよく分からないけれど、実はすごい人なのかもしれない。川谷さんが「相沢」と呼んでいることから、マヌルさんには人間だった時期があったのではないかと踏んでいる。だけどそれを聞くのは野暮なことだ。

マヌルさんは、マヌルさんなのだ。

わたしが、わたしでしかないのと同じように。

家に帰って電気をつけて、そのままの流れでプロジェクターをオンにする。動画サイトに接続されているそれは、ランダムで音楽を流してくれる。

流れてきた洋楽を口ずさみながら、はさみを取り出し封を切る。使ったらすぐ引き出しに戻し、紙くずはゴミ箱へと入れた。

今だってわたしは、片付けが得意というわけではない。それでもこれまでよりは、ずっと部屋を綺麗に保てていると思う。買い物をするときにも、きちんと考えて、自分が本当に欲しい物を買うようになった。今はもう、流行り物には興味がない。

絢未へ
占いに来た人には、開運守りを渡すことにしてるの。
あんたにはこれ。
着飾ってなくたって、あんた結構美人よ。
あたしの次にね。

マヌル

真っ白な便箋に書かれた、マヌルさんからのメッセージ。肉球の押印《おういん》に、思わず笑みが零れた。

袋から出てきたのは、あの日にわたしが『いらない』と言った百円ショップのコンパクト。無地の蓋部分に、マヌルネコと思われる絵が描かれている。字とは違い、マヌルさんに絵心はないみたいだ。

ぱかりと開くと、そこには仕事帰りで疲れたわたしの顔がある。流行りのメイクも加工もしていない、ありのままのわたしの姿。しかも昨日は寝不足で、目の下のクマもひどい。だけど結構美人だって、マヌルさんが言ってくれたから。

「いいよね、わたしはわたしのままで」

来週の土曜日は、神崎さんと一緒に喫茶マーヌルへ行こう。神崎さんに改めて、三人のことを紹介したい。そういえば、最初会ったときに言われた「クサ」の意味を聞いてみようか。一瞬そんな考えがよぎったものの、もうどちらでもいいやとわたしは軽く笑った。

聞き覚えのある音楽に切り替わり、わたしは画面に目を向けた。中毒性のあるメロディとフレーズの中、マヌルネコがペロリと舌なめずりする。その唇が、ほんのりピンクに見えた気がした。

完璧主義シングルマザー

幼稚園の入園面接で、年配の女性の園長先生が優しそうな表情で息子に声をかける。

「咲玖《さく》くんですね。お母さんが作ったごはんで、一番好きなものはなあに？」

まだこの世に生まれて三年も経っていない子供に、こんなことを聞くのかと驚いたものだ。

「咲玖は、ハンバーグが好きだよね」と息子の背中に手を当てると、園長先生はたしなめるような視線をわたしに向けながら「息子さんに質問しているんですよ、お母さんではなくて」と言い、わたしは口をつぐんだ。

「いいのよ、咲玖くんが本当に好きなもので」

「うーんとね」

息子はしばらく考える様子を見せたあと、ぱっと顔を輝かせた。

「僕、ママの作った塩むすびが大好き！」

わたしは思わず、小さく天を仰いだ。他にも色々、毎日作っているではないか。ハンバーグに餃子《ぎょうざ》に煮物にオムレツに手作りパンに。

その後園長先生から、この時期に子供が口にするものがいかに大切か、愛情をかけて手間暇かけて作ったものが、子供の心をどれだけ満たしていくかを滔々《とうとう》と説かれたのを、今でも昨日のことのように覚えている。

そのくらい分かってる、という言葉を奥歯で噛みしめたあの日のことを。

「咲玖、宿題は終わってるの？　計算ワークがまだなんじゃないの？」

「んー」

「ほら、ご飯もうすぐ出来るんだから、今のうちにやっちゃいなさい」

「めんどくせー」

「そんな言葉使わないで。秀太《しゅうた》が真似したら困るでしょ」

「別に僕は困らない」

「困るの！　咲玖も秀太もママも！」

塩むすびが大好きと面接で堂々と言い放った長男・咲玖は、現在小学二年生。次男の秀太は保育園に通う年中さん。そして母親であるわたし、山中鞠《やまなかまり》。我が家は三人家族で、わたしは俗にいうシングルマザーだ。

わたしの大きな声に、咲玖は大袈裟なため息をつきながらマンガ本を逆さまにして机の上へ置いた。

「そうやって置いたら本が泣いちゃうって、いつも言ってるでしょ」

反抗期という時期ではまだないが、小学校に入ってから生意気な言動が増えた。

もちろんかわいくはあるけれど、余裕がないと小さなことでも癪《しゃく》に障ってしまう。

例えばこういう、仕事を終えて子供たちのお迎えをして夕飯を準備しているときとか――。

「ママぁ、しゅうくんね、今日、ネコちゃんがお買い物してるの見たんだよ～」

「絵本とかかな？　いいね、かわいいね」

「絵本じゃないよ、本当にいたんだよ。しゅうくん見たんだよ」

「そうなの、すごいね。あ、キッチンは入らないでね。ママ、今からハンバーグを焼くから」

「あのねそれでねしゅうくんね」

「ちょっと待って。あとで聞くから」

「じゃあブロック、とってー」

「分かった、これだけやったら取ってあげるから。だから待ってて」

成形しておいたハンバーグを、フライパンに滑り込ませて蓋をする。その間に、付け合わせのサラダにドレッシングをかけておく。秀太のごはんは、先に皿に盛っておかなければ。熱くて食べられないと、いつも大騒ぎするから。洗い物が増えないよう、ワンプレートに収めたい。そろそろハンバーグにも火が通っただろうか。

そのとき、がちゃーん！とリビングから大きな音がする。次いで、秀太の泣き叫ぶ声。何事かと慌てて向かうと、ブロックのおもちゃを入れた箱がひっくり返っている。どうやら自分で取り出そうとして、手が滑ってしまったらしい。

「もう！　何してるの！　どこも痛くしてない!?」

駆け寄って怪我をしていないか確認すると、大泣きする秀太を抱き上げた。一方の咲玖はその奥で寝っ転がりながら計算ワークを解いている。

「ねえ！　なんで秀太が泣いてるのに無視してるの!?」

咲玖は目を丸くしながらこちらを見る。その表情のまま放った「なんで」という言葉が、わたしの胸元をグンッと突き上げた。

「弟が泣いているとき、無視するような子に育てた覚えはないよ!?　なんで何もなかったようにしてられるの！」

わたしの大声と比例するよう、秀太の泣き声もヒートアップする。咲玖は「ママに宿題やれって言われたからやった」と口を尖らせた。その瞬間、何かがぷつんと切れてしまった。

「だったら何もやらなくていいです！　ご飯も食べなくていい！」

今日こそは怒らないようにしよう。子供たちだってひとりの人間で、気分や意志があるわけで、尊重していきたい。丁寧に子供たちと向き合っていきたい。

そう思うのに、現実はなかなかうまくいかない。

結局、ハンバーグは焦げた。秀太は苦いと言ってほとんど口にせず、咲玖が焦げの部分をはがした形の悪いそれをぶすっとした表情で食べるのを、わたしは台所から悶々とした気持ちで見ていた。そのあと大騒ぎしながら風呂に入ったふたりは今、やっと眠りについたところだ。

わたしたちが住むのは、築五十年の鉄筋コンクリート建てのマンションの一階。以前住んでいた最新のマンションとは様々な面で異なるが、ここでの暮らしもやっと慣れてきた。

「また怒っちゃった……」

寝室で、ふたりの寝顔を見ながらため息を吐き出す。

優しくしたいし怒りたくなんてない。いつも笑顔で穏やかな、いい母親でいたい。子供が出来たら自然とそんな母親になるのだろうと思っていた。だけど実際は、疲れや苛立ちをうまく解消出来ず、カッとなってきつい言葉を放ってしまう。すやすやと眠る子供たちを見ながら罪悪感を抱くことさえ、日課となってしまった。

——でも。

——だからこそ。

「ちゃんとやらなきゃ。立派に育てていくって決めたんだから」

ふたりの小さな額を愛おしく撫でてから、そっと寝室を後にする。

午後十時ちょっと過ぎ。蛇口から水をコップになみなみと入れたわたしは、一気にそれを喉の奥へと流し込む。コップ一杯分の水は、眠気覚ましにもぴったりだ。

仕事を終えて、学童と保育園へ息子たちを迎えに行き帰宅する。すぐさま夕食の準備をして(作り置きをしているので、基本はあたためるのがメインだが)子供たちはご飯タイム。その間にわたしは、ふたりが持ち帰った手紙や宿題のチェック、翌日の準備を済ませる。食事が終わると、遊びたいと大騒ぎするふたりを風呂に入れる。ドライヤーで髪を乾かし、歯を磨いてベッドに入る頃には九時半を回っている。

本当ならば、子供たちは九時には寝かせたい。しかし、それはどう頑張っても物理的に無理だと悟った。

ただ食事をする。ただ風呂に入る。ただ歯を磨く。ただ眠りにつく。そんな単純そうに見える作業も、子供たちにとっては一大イベントであり、遊びの一環であり、驚くほどの時間を要するのだ。

子供たちが眠った後のひとり時間。なんて理想的な響きだろうか。実際には寝落ちしてしまいそうな自分を鼓舞して起き上がり、冷めてしまった夕食を台所で食べ、後片付けをする。子供たちが散らかしたおもちゃを棚に戻し、ペーパーモップをかけて家計簿をつける。シャワーを浴びたら洗濯機を回し、前日の洗濯物の片付け。洗い上がった洗濯物を今度は干し、そこからは仕事の準備や勉強にあてる。結局、寝るのはいつも深夜の二時過ぎ。離婚してこの生活が始まってからは、ずっとこの流れだ。

週末は、午前中にふたりを近所の公園へ連れていき、午後はスーパーへの買い出しと料理でほとんど終わってしまう。この生活スタイルにはだいぶ慣れてきたが、いまだに一週間分の食事を一気に作ることだけは慣れる気配もない。そもそもわたしは、料理があまり得意ではないのだ。

明日は金曜日。あっという間に、作り置きを用意する週末が来てしまう。子供たちは保育園や学校が休みだけれど、母親であるわたしには休みという概念はない。

「一週間分の献立、考えないと」

台所に立ちながら、焦げたハンバーグをご飯にのせて口に運ぶ。咀嚼《そしゃく》している間にスマホでSNSを開いて参考になりそうな投稿を流し見していく。おいしそうな親子丼の写真が出てきて、わたしは手を止めた。投稿者はＡＹＡＭＩさん。シンプルだけどおいしそうな手料理を投稿していることが多く、いつも楽しみにしている。最初の投稿はほんの二カ月前だが、すでにフォロワーが五千人ほどいる。もしかしたらインフルエンサーの素質みたいなものを持っているのかもしれない。

「親子丼、いいかも」

食器棚の引き出しからメモ帳を取り出し、ボールペンで親子丼の三文字をメモする。良さそうなメニューをここに書き出し、金曜の夜に翌週分の献立を立てるのだ。

「カレーは先週作っちゃったし……。魚も食べさせないとだから、どこかで煮つけとか？　でも苦手なんだよなぁ」

ぶつぶつ言う深夜の独り言も、今では気にならなくなってしまった。

シングルマザーなんて、そう珍しい存在ではない。それでも世間的にはまだ、とやかく言う人たちもいる。関係のないことでも『これだからひとり親は』と無理やりにでも結び付けられることもある。そんなことがないよう、日々細かなところまで気を配るようにしている。

元々、なんだってひとりで出来るタイプだった。元夫にも、『俺がいなくても大丈夫だろ』と離婚を切り出されたのだ。

ふうっと息を吐き出し、冷蔵庫の扉を開ける。明日の夕飯用に、鮭の切り身を酒《さけ》粕《かす》で漬けてある。以前そのようにして食卓に出したところ、魚嫌いの秀太が完食したので我が家の定番メニューとなった。とは言っても、毎週出すわけにはいかないので月一くらいのペースだ。付け合わせはポテトサラダに具沢山のお味噌汁。きゅうりの浅漬けも、ちょうど明日で食べ終わるだろう。

両手を上げて、伸びをする。まだまだ、やることは山積みだ。今夜は一体、何時間眠れるだろうか。


「山中さん、顔色悪いけど大丈夫？　仕事、頑張り過ぎなんじゃないの？」

商店街で古くから続く東谷《あずまたに》和菓子店。女将《おかみ》さんが心配そうにわたしの顔を覗き込んだ。

「大丈夫ですよ。今日は新しい商品が出たので、情報誌だけお渡ししておきますね」

「契約してあげられないのに、いつも申し訳ないわね」

「いえ、お気になさらないでください。必要になったとき、思い出してもらえるだけでありがたいですから」

わたしの仕事は、保険会社のライフプランナー。お客様のライフプランに寄り添い、そのときどきに沿った提案をする役割。簡単に言えば、保険商品の営業だ。

「何かあったときには、相談させてもらうわね」

「そう言っていただけて嬉しいです」

独身のときは商社で働いていた。離婚をして復職しようとしたものの、主に勤務時間で無理があることに気が付いた。幼い子供をふたり抱えて、深夜までの残業や数日に及ぶ出張は不可能だ。そこで辿り着いたのが、このライフプランナー。

結果を出せば出すだけ成果報酬も出て、遅い時間までの残業もない。子供を持つ女性が多く活躍している職場ということで、悩む理由はなかった。

「それにしても、保険ってどんどん新しい商品が出るのねえ」

「そうなんですよ。国の制度や情勢により、都度、お客様の不安に寄り添えるようなサービスにアップデートされるので」

自分が理解していなければ、お客様に説明することも勧めることも出来ない。そのため、この仕事では最新の情報収集や、法律や制度に関する勉強が不可欠だ。

甘くない仕事だろうとは思っていたものの、実際に働いてみればその大変さは想像以上だった。飛び込み営業は、ほとんどの確率で歓迎されない。話をとりあえず聞いてもらえれば良い方で、『いらない』と追い返されることもある。受付の女性に冷たい目で見られても、『またお伺いします』と、にこにこしながら頭の中で再訪の日程を組む。

心が折れる出来事はたくさんある。だけどきっと、この仕事に限ったことではない。息子をふたり、立派に育てていかなければいけない。こうして働ける環境があるということに、わたしは感謝している。

「山中さんがうちに来てから、もう半年経ったかしらね」

「そうですね、わたしが初めて飛び込みで営業に入らせてもらったのがここでしたから」

転職をして最初の三カ月は座学による研修がある。その後、このように店舗や会社を訪問して商品を紹介するというのが当社の流れだった。

オフィスから出て、最初にここのドアをくぐったときは本当に緊張した。背筋を伸ばして、さあ始めるんだ、と意気込んで。しかし、奥から出てきた大旦那さんに『お客さんに迷惑だからやめてくれ』と言われ、あえなく撃沈。帰り際、ふと目に留まったいちご大福を三つ購入させてもらい、そこからはお店のファンとして通わせてもらっている。

図々《ずうずう》しい、と周りは言うかもしれない。だけどこの仕事は、誰かのいざというときに寄り添えるものだとわたしは思っている。

「情報誌だけ渡させてもらっていますけど、一番の目的はここの和菓子ですから。

契約のことは本当、気になさらないでください」

「山中さんのことだから、他のところでもたくさん契約は取られてるものね」

女将さんの言葉に、わたしは「恐縮です」と頭を下げる。本当は、新規の契約なんてひとつも取れていないのに。

実家の母や親戚、高校時代の友人。身内で保険の見直しをしている人がいれば相談に乗り、その中で契約をもらうこともあった。しかし、純粋な営業としての新規契約は未だにひとつも取れていない。

ライフプランナーになって、あと少しで一年が経過しようとしている。保険商品というのは人生に関わる大事なもので、信頼関係が築けて初めて契約していただける。長い目で見て、焦りは禁物。最初の研修で、耳にタコが出来るほど言い聞かされてきたことだ。

それでも、正直焦ってしまう。もちろん、表に出したりはしないけれど。

「情報誌に載っているレシピ、結構いいのよね。……あら？」

手渡した冊子をぱらぱらとめくっていた女将さんの手元から、チラシが一枚舞い落ちる。わたしはそれを拾い上げると、女将さんへと改めて差し出す。

「今度、アロマセラピーのイベントがあって」

「あら、楽しそうね」

和菓子を目当てに訪れるわたしに、女将さんは少しずつ警戒を解いてくれるようになり、今ではこうして世間話が出来るまでになった。わたしよりいくばくか年上の女将さんは、聡明で品の良さの漂う素敵な女性だ。老舗《しにせ》和菓子屋に嫁に入るというのは、大変な覚悟が必要だっただろう。きっと今の地位を築くまで、様々な苦労もあったと思う。

「もしよろしければ、いらっしゃいますか？　どなたでも参加出来るんです」

女将さんはじっとチラシに目をやったあと、「行ってみようかな」と少女のように首を竦めた。


日々過ごす中、人々は常に癒しを求めているように感じる。仕事でたくさんの方と接するが、疲れていることが一目で分かる人がどれほど多いか。

「山中さん、いいセラピスト知らない？」

会社に戻ると、先輩が開口一番にそう聞いてきた。これまでもセラピーのイベントは何度もやってきた。我が支社では林《はやし》先生というセラピストさんにお願いをしていたので、てっきり今回もそうかと思っていたのに。

「先生のお嬢さん、出産が早まりそうなんですって」

その手伝いをしに、明日九州《きゅうしゅう》へと発つとのことだった。

「代わりのセラピストさん、なかなか見つからなくて……」

イベント担当となっている先輩は、大きくため息を吐き出した。イベントまでは一週間を切っている。

「わたしも探してみます」

「ありがとう。いざとなったらネコの手でも借りたいくらいよ」

先輩はコキコキと首を鳴らすと、再びパソコンのキーを叩いた。


そこからわたしは、刑事のごとく足で稼いでセラピスト探しに励んだ。もちろん並行してSNSでリサーチもしてみたけれど、有益なものは見つけられなかった。

「痛っ……」

じりっとした痛みに目をやると、靴擦れが出来ていた。ライフプランナーの仕事は、外回りがとても多い。就職したときに買ったパンプスは履きつぶしてしまい、ちょうど先日新調したばかりだった。

古びた喫茶店の脇にしゃがみこみ、鞄からポーチを取り出す。絆創膏《ばんそうこう》は常備するようにしている。男の子がふたりいると、出かけ先では必ず擦り傷を作るから。しかし——。

「あれ？」

いつも入れているはずのキャラクターの絆創膏が見当たらない。あるのは、破れた袋とテープをはがした紙くずだけ。そういえば日曜日、公園に行ったとき使い切ってしまったんだっけ。

はあ、とため息を吐き出す。腕時計を確認すれば、四時半を回っていた。金曜日の夕方は、いつも気が重くなる。あと少ししたら仕事を切り上げて、学童と保育園にお迎えに行って夕飯の準備をして食べさせて風呂に入れて、それでそれで——。

ずぶりずぶり。心が奥底へと沈み始める。ズキズキと、踵《かかと》は痛い。

「シャキッとしろ、わたし」

そう小声で鼓舞するも、なぜだか立ち上がることが出来ない。喫茶店の窓に映った自分の顔が、ひどく老けて見える。

『鞠はなんだってひとりで出来るだろ。俺なんかいなくたって、立派にやっていけるもんな』

別れた元夫の声が、耳の奥でリフレインする。

そうよ、わたしはなんだって出来る。ひとりでだって、ちゃんと生きていけるし子供たちを育てていける。

そう思うのに、顔を上げることが出来ない。ぎゅうっと喉の奥が細くなったような心細さに襲われる。

「靴擦れって地味に痛いのよねえ」

思わず目をつむったとき、斜め後ろから太い声が響いた。ゆっくり瞼を開け、目に入ってきた影の大きさに息を呑む。しゃがみこんだわたしの影を、すっぽりと覆ってしまう巨大なそれ。恐る恐る振り向いたわたしは、今度こそ本当に息を止めた。

「寄ってけば？　絆創膏なら腐るほどあんのよ」

そこにいたのは仁王立ちした、ずんぐりむっくりのネコ。しかも手には、そっくりなネコの顔面がどかんとプリントされたエコバッグを持っている。長ネギが飛び出ているという日常的な様子が、状況の非日常さを際立たせていた。

「そ、それはご親切に」

動揺しつつも、努めて冷静に言葉を返す。長ネギを持ったネコが、二足歩行しながらしゃべっている。ふと、秀太が『ネコさんが買い物をしているのを見た』と言っていたことを思い出す。

いやまさか、そんなまさか。あれは絵本か、秀太の空想の話のはずだ。

どうにか納得する理屈を見つけなくては。これは夢なのか、着ぐるみなのか、はたまたロボットなのか、それとも最新技術による立体映像とか、もしくは、セラピーが必要なのはわたしだったりして……。

「相沢、どうした？」

――チリンチリン。

わたしの意識を引き戻してくれたのは、軽やかな鈴の音。喫茶店のドアが開き、男性が顔を出したのだ。彼はネコに声をかけたあとにわたしを見ると、「おや」と目を丸くする。

「体調でも悪いですか？」

人間の容姿で人間の言葉をしゃべる彼の存在に、一気に肺の中に酸素が入るのが分かった。よかった、わたしはまだ、大丈夫みたいだ。この人までイヌやオオカミに見えたら本格的にまずい。

「いえ、そういうわけでは」

「体調じゃないわよ。踵よ、カ・カ・ト。絆創膏貼ってやって」

ネコはふてぶてしくそう言うと、わたしの横をすり抜けてドアの向こうへと消えていく。すれ違いざま、柔らかな感触がわたしの手の甲を撫でた。

「わたしも娘もよく靴擦れをするので、絆創膏をひと通り揃えているんですよ。どうぞ、店の中へお入りください」

「……では、お言葉に甘えさせていただきます」

二足歩行で人の言葉をしゃべるネコに、絆創膏を取り揃えているという喫茶店。

頭の中で整理がつかぬまま、わたしは導かれるように店内へと足を踏み入れたのだった。

喫茶マーヌル。そこは、古き良き時代を体現したような喫茶店だった。オレンジ色のライトが照らす店内は、品の良いアンティーク調の木製家具で統一されている。扉に施された小さなステンドグラスがキラキラと反射していて綺麗だ。こぢんまりとした店内は、つやつやに磨かれたカウンター席とテーブル席がふたつ。その奥にはぴたりと閉められた、彫刻が施された扉。個室でもあるのだろうか。

カウンター内には、ずらりと並べられた四角い缶たち。コーヒーの産地に交じって、茶葉の種類なども記されているから、ここは様々な飲み物を提供しているのかもしれない。

「くるぶしより下ならばこちら、上でしたらこの形がおすすめです。あとは傷の大きさによって種類が変わりますが、この三日月形のものがいいのではないかと」

先ほどの男性は、引き出しから絆創膏を何種類か取り出すとカウンターの上へと並べた。形や大きさ、メーカーまで様々なものがあって驚いた。一口に絆創膏と言っても、よく見れば違いがある。

わたしは男性の言ったものをお礼と共に受け取り、踵にそっと貼り付けた。たったそれだけで、痛みが落ち着いていくような気がするから不思議だ。痛いと大泣きしているのに絆創膏を貼ると泣き止む子供たちの気持ちが分かった気がした。

「あの……先ほどのネコさんは……」

店の中を改めて見回してみる。

カウンターの中に、大きな流木が組み合わされた置物がある。一見すれば飾りのようにも見えるけれど、よく目を凝らせばところどころに引っかき跡がある。多分、キャットタワー的な役割なのだろう。しかし、どこにもあのネコの姿はない。

「ああ、相沢ですか。ネコというか、彼女はマヌルネコなんですよ。ご存じでしょうか？」

「マヌルネコ、ですか？」

ネコにつけるには珍しい名前よりも、マヌルネコという聞き慣れない生物名の方が気になってしまう。男性は眼鏡をカシャンと指先で直すと、後ろから大きな図鑑を取り出した。そして迷うことなく、とあるページを開いてこちらへ見せた。

「マヌルネコというのはモンゴル、チベット他を生息地とするヤマネコで、世界最古のネコと言われています。寒い地域で暮らしているため、ずっしりとした体型とびっしりと生えた長い毛が特徴です。耳や足、尻尾も丸いため、全体的にずんぐりとしたフォルムに見えるかと」

手の甲を撫でた、もふりという感覚が蘇る。確かに、これまで経験してきたどの感触よりも柔らかく、包み込むような心地よさがあった。

「マヌルというのはモンゴル語で、小さいヤマネコという意味だそうです。つまり厳密にはマヌルネコというのは、小さいヤマネコネコという訳になり、頭痛が痛いというような表現に近いのですが、あまり問題視されていないようですね。別名はモウコヤマネコですが、なぜマヌルネコという名前の方がメジャーになったのか。相沢曰く、マヌルというのは口にしたくなる響きを持っているからとのことですが、信憑性に欠けると個人的には思っています。あなたはどう思われますか?」

淀みなくすらすらと話す男性に突然話を振られ、一瞬の間が空いてしまう。

「……響き、ですか」

彼の言葉を思い返し熟考すると、「カァーッ、これだから人間ってやつは」という酔っ払いのようなセリフが店の奥から聞こえてきた。

仰々しい扉の隙間から、するりと出てきたマヌルネコ。彼女は、やはり二足歩行でこちらへとやって来る。肩でも凝っているのだろうか、右手で左の肩のあたりをトントンと叩き、首をコキコキと左右に揺らしている。それから「どっこらしょ」と言いながらわたしの隣の席へと座った。その様子は実にふてぶてしい。

「マヌルネコのあたしがそうだっつってんだから、そうに決まってるでしょうが」

頬杖をついて、ふぅーっとため息を吐き出すマヌルネコ。わたしは再び、そんな彼女を凝視してしまう。

「で。あんた、足は平気なワケ？」

突然向けられた黄金色の瞳に、知らず知らず背筋が伸びてしまう。

「はい、絆創膏でずいぶん楽になりました。ありがとうございます」

マヌルネコである彼女が、人間と同じように行動し、人間の言葉をしゃべる。それはもう、紛れもない事実で、わたしはそれを一旦受け入れることにした。

「相沢さんが声をかけてくださったおかげです」

会話の中で、相手の名前を呼ぶ。それは、心の距離を近づける方法のひとつだと研修で習った。今では意識せずともそれが出来るようになっている。しかし、彼女は「ハア～？」と思いきり顔を歪めた。ぎらりと口の端から牙がのぞく。

「そんな陳腐な名前、やめてちょうだい。マヌルさんってお呼び」

女王様さながらなセリフの後、カウンターの中に向かって「あんたがそう呼ぶから」と男性に不満をぶつけている。

「ちなみにこっちは川谷ね。マスターなんて呼ばないでちょうだいね、生真面目で堅っ苦しい説明が始まるから。長いったらありゃしないんだから」

ここまでのやりとりを見るに、川谷さんは几帳面な性格なのだろう。人間のマヌルネコと、生真面目な男性のいる喫茶店。なんだかおもしろい組み合わせだ。久しぶりに、愉快な気持ちが湧き上がってくる。

「もしお時間が大丈夫でしたら、何か召し上がっていきますか？」

グラスを磨く川谷さんに声をかけられ、時間を確認する。お迎えまでは少し余裕があるし、絆創膏だけもらって、というのも気が引ける。それに、気付けば喉がカラカラだった。あとは、現実離れしたこの場所に、もう少し留まりたいと願ったのも大きい。

「それでは、おすすめをいただけますか？」

仕事柄、色々なお店に足を運ぶ。そこで気付いたことは、店員さんのおすすめははずれがないということだ。

「メロンッ、ソーダッ！」

突然マヌルさんが興奮気味に叫んだので、分かりやすく肩を揺らしてしまった。

「メロンソーダよメロンソーダ！　ザ・着色料！って感じのあれが、今無性に飲みたいのよ！　そしてアイスを沈めてジョワ～っと爆発させるのよ！」

マヌルさんのボッとした太い尻尾は、ぶんぶんと揺れている。興奮すると尻尾を太くするのがネコだが、先ほどの図鑑に載っていたマヌルネコの尻尾も同じように太かったので、彼女の場合、これがデフォルトなのかもしれない。

「メロンソーダと喫茶店というのは、漬物と白いご飯と同じようなものです。あなたもそれでよろしいですか？」

合っているような、違うような。珍妙な例えを聞き流し、とりあえず顎を引く。

「わたし、山中鞠といいます」

癖で名刺を差し出したところ、横から伸びてきた丸い手がそれを奪った。マヌルさんは頬杖をついたまま片手で名刺をライトにかざすと、「ライフプランナーって、これまた大きく出たわね」とヒゲをピクピクと上下させる。

「人の一生には、ある程度の流れがあるんです。結婚や出産、お子さんの成長に伴ってまとまった金額が必要になるタイミングや、自身の体調に備える必要性ですとか。そういうライフプランに寄り添った提案をする、という仕事です」

今必要がない人にとっては、こういう話をしてもすぐにピンとは来ないだろう。だけど生きていれば必ず、現実と嫌でも向き合わなければならないときが来る。保険というのは、そういうときにお客様を守る、強い味方なのだ。

もちろん契約は欲しいいし、それが収入に直結する部分もある。だけど、それだけのためにこの仕事をしているわけではない。誰かの人生に寄り添える、誰かのお守りになれる、そういう仕事だからこそ、真心を込めて働くことが出来るのだ。

営業をするつもりだったわけではないけれど、「マヌルネコのあたしには関係ない話だわあ」というマヌルさんの一言で、仕事モードになっていた自分に気付く。

「人の一生なんて、どうなるか分からないってのに。人間は常にリスクマネジメントをしたがる生き物よねえ。まあ、守りたい対象がいるからそうなんのかもしれないけど」

マヌルさんの言う通りだ。最近ではペット保険などもあるけれど、契約するのはいつだって人間だ。

「お待たせしました、メロンソーダです」

川谷さんの声に顔を上げる。目の前に置かれたのは、誰もがイメージする通りの細長いグラスに入ったメロンソーダだ。鮮やかなグリーンの液体の中でシュワシュワと弾ける二酸化炭素。ぷかりと浮かんだ丸いバニラアイスの上には、真っ赤なチェリーがちょこんと乗っている。

「ちょっと！　あたしこのチェリー嫌いだっていつも言ってんのに。なんで乗せるワケ？」

「メロンソーダにはバニラアイスとチェリーが必須。遥か異国の育った土地を離れ、長旅を経てたどり着いたこの日本で本来の姿ではない甘味料漬けという屈辱を乗り越えたチェリーを残すなど言語道断であって」

「はいはいはいはいはいこれでいいでしょ」

川谷さんの説教を前に、マヌルさんはチェリーを爪の先でつまみ上げるとこちらのグラスにそれを乗せる。わたしのメロンソーダのトップには、チェリーがふたつ並ぶ形となった。

「あんた好きでしょ、チェリー。そういう顔してるもの」

「確かに、食べられなくはないです」

マヌルさんは目を爛々《らんらん》と輝かせながら、柄の長いスプーンでバニラアイスをそっと押しつけ表面張力を楽しんでいる。変わった好みだ。川谷さんはもう諦めているのか、マヌルさんの手元には吸水性の高そうなタオルが用意されていた。

「いただきます」

小さい頃は、特別すぎる飲み物だったメロンソーダ。ふたつ並んだチェリーを見ていると、咲玖と秀太の顔が浮かぶ。子供には真っ赤なチェリーは宝石のように見えるだろう。近々、ふたりも連れてきてあげよう。

スプーンでバニラアイスをひと掬い、ソーダに浸してからすぐに口へと運ぶ。少し溶けたバニラの甘味と、しゅわりと感じる爽やかなソーダ。幼い頃、頻繁に口にした味ではないはずなのに、胸の奥が懐かしさできゅっとなるのはどうしてなのだろう。

「このお店は、もう長いんですか？」

レトロな雰囲気の店内を見回しながら、このお店の歴史に思いを馳せる。これまでもたくさんの人々が、ここで日々の疲れを癒してきたのだろう。

「先代が店をオープンさせたのが、約五十年前だと聞いています」

川谷さんは懐かしそうに目を細めると、その後マヌルさんに「だったよな?」と確認をする。しかしマヌルさんは、相変わらずメロンソーダの表面張力に全神経を集中させていて聞こえていないみたいだ。

「つかぬことをお伺いしますが」

「なんでしょう」

「このあたりに、アロマセラピーをしてくれる場所はないでしょうか?」

街のことを知りたければ、住人に聞くのが一番だ。古くからこの地で営業をしているこのお店の人ならば、何か情報を持っているかもしれない。

「仕事でイベントを企画したのですが、お願いしていたセラピストさんが急遽キャンセルになってしまって――」

「占いならここにあるわよ」

グラスから視線を逸らさず、マヌルさんが口を開く。

「占いではなく、セラピーで……」

「両者親戚みたいなもんでしょうよ!」

コポコポッシュワ〜ッ。マヌルさんの言葉と共に、メロンソーダが噴火した。

喫茶マーヌルでは、占いもしてくれるらしい。

店の奥、小さな個室は占いの専用部屋とのことだった。ほんのり薄暗い空間を照らすのは、異国感のあるスタンドライトのみ。壁にはおしゃれな幾何学模様のタイルが綺麗にあしらわれており、実はマヌルさんはすごくセンスの良い人――、否、ネコなのではないかと窺い知れる。天井から吊り下げられたグリーンから伸びる蔓は、どこか魔女の部屋を彷彿させた。

「で、あんたは何を占ってほしいって？」

横広の丸い頭の上に、紫のベールと金の輪を乗せたマヌルさんは、黄金色の瞳をまっすぐにこちらに向ける。その様相は、どこからどう見ても占い師。胡散臭さがぬぐい切れないのは、マヌルさんが放つ雰囲気がやたらと、占い師然としているからなのだろうか。

「申し訳ないんですが、わたし自身は占いは苦手で」

本当のことを言えば、〝占いは信じていない〟が正解だ。だけどさすがに、占い師相手にそんなことを言うのは気が引ける。

これまでわたしは、自分の意志で全てのことを選択してきた。仕事も結婚も離婚も何もかも。自分のことは自分が一番よく知っている。基本的に、目に見えないものは信じないことにしているのだ。

「あんた、自分で体験もしないのに、大事なお客様に紹介しようとしてんの？」

両手を組んだマヌルさんは、鋭い眼光でこちらを射抜く。その言葉は、仕事に対しても妥協を許さないわたしの心を揺さぶった。

セラピストではない、しかもマヌルネコの占い師という時点ですでに常識とずれているような気はするけれど、とりあえずわたしは占いを受けることになった。先輩の『いざとなったらネコの手も借りたい』という言葉も後押しした。

「ところで、代金はおいくらですか？　イベントのギャラも上限がありまして」

「カネ？　いらんけど」

しかしマヌルさんは、興味なさそうにそう言い放ってから丸い手をぺろりと舐めた。肉球の隙間に、メロンソーダのアイスが残っていたようだ。「甘」と言いながら、ザラザラの舌で舐めあげている。爪の先は、前歯を引っかけて丹念に。ネコは綺麗好きだと聞いたことがあるが、マヌルネコも例外ではないらしい。

「うちで何かしら飲んだり食べたりしてくれたお客さんに、サービスでやってんの。だから占いにカネなんかもらっても困るワケよ。そんな責任も取れないしねえ、テキトーにやってんだからさあ」

「テキトー、ですか？」

聞き逃してはいけない単語に反応すると、マヌルさんはぴたりと動きを止めてバッサバッサと尻尾を左右に大きく振った。

「いい？　テキトーっていうのはね、適切に当たっていると書くワケよ。つまりあたしの占いはとんでもなくぴったり当たるってワケ！」

そのままマヌルさんは、テーブルの端にあったカードの山を手に取った。他にもやたらと綺麗な水晶やサイコロ、竹ひごのようなものなど、占うためのアイテムがつやつやに磨かれたテーブルの上に並べられている。

「で、何か悩みとかはないワケ？」

「うーん……」

悩みなんて、もちろんあるに決まっている。金銭的なことや、子供たちに寂しい思いや不便な思いをさせていないかという懸念。仕事と体力のバランスや、加齢による変化への不安。正直な話、挙げだしたらキリがない。

だけどそんなのは、占いで解決出来る問題ではない。頼れるのは自分だけだ。占いの結果が良かろうと悪かろうと、自分がどうするかに全てはかかっている。

いつまでも逡巡しているわたしに業を煮やしたのか、マヌルさんはフンッとひとつ鼻息を出すと、パタパタとカードを切り始めた。

「ま、いいわ。とりあえず運勢ってことで」

よくまあこの小さな丸っこい手で、器用にもカードを切るものだと感心してしまう。「マヌマヌマヌマヌ～……」という呪文を唱え目を開いたマヌルさんは、慣れた手付きでテーブルの上にカードを広げた。

「一枚、びびっと来たカードを引いてちょうだい」

「では、これで」

あまり深く考えず、中央あたりにあった一枚を指差す。マヌルさんはその一枚を残してカードをまとめると、おもむろにそれを裏返した。

そこに現れたのは、変わりゆく月が描かれたカード。しかしなぜかその月には三角の耳がついていて、ネコのようにも見える。

「かわいいでしょ、タロットにもいろんなデザインがあんのよ。ネコは正義よねえ」

自分もネコであるくせに、ネコは正義と堂々と言ってのける。その潔さが、ある種羨ましくも思える。マヌルさんは悩みとは無縁なところにいそうだ。

「で、これは月ね。月はねえ、そうねえ。あれよね、夜に浮かぶわね。で、あれよ、満ち欠けするワケ。ウサギがいるなんて話もあるわね」

「はあ」

「今、あんたの心に浮かんでいることへの答えがこの月なのよ。さ、今頭に浮かんでいるのは何？」

マヌルさんがヒゲを上下にピクピクさせる。わたしは頭の中で、来週の献立のことを考えていた。

「月曜の夕飯、何にしようかなって」

「はいはい、見えました分かりましたわ」

マヌルさんはしたり顔で何度も頷く。それからすっくと椅子の上に立ち上がり、月のカードを天井へと高く掲げた。

「月曜の夕飯は大判焼き！　商店街の屋台のやつ！」

「それって、満月のイラストから連想したわけじゃないですよね？」

「…………あんた、察しが良くてつまんないわね」

この喫茶店は、すごく素敵だ。川谷さんも穏やかで優しいし、メロンソーダだっておいしかった。

――だけど。

たとえマヌルさんがセラピストだったとしても、お願いするのはやめておいた方が良さそうだ。

「咲玖、秀太、来週は何が食べたい？」

その夜、わたしはふたりに金曜恒例の質問をした。栄養バランスを考えつつ、子供たちのリクエストも取り入れる。毎日口にするものだから、ふたりが喜んでくれる方が作り甲斐もあるというものだ。

「しゅうくん、アイスがいい！　あとチョコレートとフライドポテト」

「それはおやつでしょ。お夕飯に食べたいものを聞いてるの」

秀太はそれでも、グミやキャンディ、シュークリームなどと嬉しそうにスイーツの名前を口にする。

「咲玖はどう？」

「長州《ちょうしゅう》の餃子がいい」

「ママが作る料理の話なのよ」

近所の中華チェーン店のメニューを挙げた長男に、わたしはため息をついた。

親の心、子知らず。まさにその通りだ。どんなに頑張って料理をしても、その想いや愛情や手間暇は、子供には全く伝わっていない。それでも親として、しっかりとしたものを食べさせる責任がわたしにはあるわけで。

そのとき、仕事用のスマホが着信を知らせた。知らない番号からだが、新規の契約などかもしれない。子供たちに「大事なお電話だから静かにしてね」と声をかけ、寝室へと駆けこんで着信を取る。

「はい、坂岡《さかおか》生命の山中です」

『セラピストの月城《つきしろ》と申しますが』

「――ご連絡ありがとうございます！」

天の助け、とはまさにこういうことをいうのだろう。喫茶マーヌルに行く前、SNSでヒットしたセラピストにダメ元でメッセージを入れておいた。その際に、この番号も記載しておいたのだ。

いい風が吹いている気がする。わたしは意気揚々としながら、電話口でイベントの説明をしたのだった。


せっかくの土曜日なのに、朝からしとしとと雨が降っていた。梅雨時期《つゆじき》なのだから仕方ないのだが、どうしてもテンションが下がってしまう。公園にも行けないし、スーパーへ買い物に行くにも一苦労だ。

「疲れた！　喉渇いた！」

スーパーへ向かう途中、秀太が歩くのをやめた。家を出たときには雨の歌を歌いながら上機嫌で歩いていたのに。抱き上げようにも、傘を差しているのでそうもいかない。

「秀太、スーパー行ったらお菓子買ってあげるから。もう少し頑張ろう?」

なだめるよう声をかけるも、「やあだあ～! 抱っこしてえ～!」と秀太は駄々をこねる。咲玖は咲玖なりに「お菓子あるってよ?」と弟の機嫌を取ろうと試みてくれたが、幼児による魔のイヤイヤはそう簡単には問屋が卸さない。秀太のイヤイヤはヒートアップし、ついには雨の降りしきる中、大声で泣き始めた。

こういうときは、どうしたらいいのだろう。普段癇癪《かんしゃく》が起きたときには、抱き上げたりしながら落ち着くのを待つことにしている。無理に言うことを聞かせようとしても逆効果だし、色々な声かけも徒労に終わることの方が多い。しかし今日は、傘を差さなければずぶ濡れになってしまうほどの雨。この中で、果たして秀太はいつ落ち着きを取り戻してくれるのだろうか。

思わず天を仰いだとき、青い水玉の傘が視界の端で揺れた。

「ねえ、ネコいるけど見る?」

泣きじゃくる秀太の横にしゃがみこんだのは、制服姿の女子高生。

「ずんぐりむっくり、毛むくじゃらのネコなんだけど」

髪の毛を胸の下あたりでまっすぐに切りそろえた彼女は、感情の読み取れない表情で淡々と秀太に話し続けている。

「ネコ、さん……？」

ひっく、と、嗚咽《おえつ》の合間で秀太が反応する。

「そ。かわいくはないけど、しゃべるし、占いもやってくれる」

彼女の言葉に、今度は咲玖がぴくりと眉を動かした。そして、わたしも――。

「父が喫茶店してるから、雨宿りしてけば。こっち」

不思議な空気感を纏う女子高生――、川谷叶ちゃんと名乗った彼女は、自ら伸ばした秀太の手を優しく握った。


――チリンチリン。

「これはこれは。鞠さん、こんにちは」

奇しくも連続で喫茶マーヌルの人々に救われてしまった。叶ちゃんに連れられたわたしたちを見ると、川谷さんはすべてを一瞬で理解したのか、昨日と変わらずにこやかに微笑んだ。

カウンター席に並んで座るわたしたち。叶ちゃんは店の奥から、秀太用にとハイチェアを運んできてくれた。笑顔を向けるわけでもないし、親しみやすい声かけをするわけでもないけれど、子供が好きなのかもしれない。

秀太は目の前に置かれた幾何学模様のコースターをぺたぺたと触り、咲玖は店内を興味深そうにゆっくりと眺めている。

「昨日のメロンソーダ、ハーフサイズでふたつご用意しましょうか」

「はい、ぜひお願いします」

川谷さんは恭しく一礼をする。

そこでわたしは、改めて店の中を見回した。今日、マヌルさんはいるのだろうか。

昨夜電話があった月城先生が、イベントでのセラピーを引き受けてくれた。マヌルさんにその旨を報告しなくてはと思っていたので、ここに来ることになったのは、ある意味ちょうどよかったのかもしれない。

「今日マヌルさんは」

「いるわよ」

背後から、野太い声が響いた。わたしが振り向くが早いか、マヌルさんがその重たそうな――いや、威厳のある体でカウンター内へと滑り込んだ。さすがはネコ。マヌルさんの体は変幻自在で、細い隙間もすり抜けてしまう。

「朝っぱらから雨でやんなっちゃうわね。毛が湿っぽくなんのよ」

カウンターへ紙袋を置いたマヌルさんは、はあーとため息をつくとペロペロと顔周りの毛づくろいを始める。

「あ！　お買い物のネコさん！」

「違うよ秀太！　マヌルネコだ！」

子供たちの声に、耳をぴくぴくっと反応させるマヌルさん。ざらざらの舌で手の甲を舐めたマヌルさんは、目を細めて咲玖を見る。

「坊、よく知ってるじゃないの」

咲玖が口をぽかんと開ける。

その様子を、わたしは苦笑いしながら見守っていた。分かるよ咲玖。びっくりするよね、どうにか理解を追い付かせようと脳内をフル回転させるよね。

しかし咲玖はすぐさま「うんっ！」と鼻息荒く頷くと、「僕知ってるよ！　マヌルネコって寒い所にいるんだよ！」と興奮した様子でマヌルさんに話しかけた。そんな咲玖の順応能力の高さと素直さに、我が子ながら感心してしまう。

「あんたたち、ラッキーねえ」

マヌルさんは紙袋をガサガサと開けると、つやつやのみたらし団子が入ったパックを取り出した。

「もしかして、東谷和菓子店のお団子ですか？」

ぷっくりとしたかわいらしいお団子が刺さった串の持ち手部分が、ピンクの和紙でくるまれている。女将さんが、手を汚さずに食べられるようにとひとつひとつ巻いている東谷和菓子店オリジナルの串なのだ。

「あんた！　東ちゃんとこの食べたことあるワケ？　分かってるわねえ～」

マヌルさんは目を見開いてから、うっとりとした表情でゆっくり瞬きをする。どうやらマヌルさんも東谷和菓子店の常連のようだ。

「あそこはね、東ちゃんがいてこそなのよ！　そりゃあね、和菓子はおいしいわよ？　でもやっぱり店の顔である東ちゃんがしっかりしてるから、ファンがつくってもんでしょうよ」

「女将さんと知り合いなんですか？」

「まあ、マブってとこかしら」

同じ商店街なのだから知り合い同士であってもおかしくはないのに、そんなことを考えもしなかった。マヌルさんの話を女将さんと出来ると思うと、ワクワクしてくる。

「あ、そうだ。あんたにお守り渡してなかったわね」

マヌルさんは手を止めると、何かを考えるようにしてから紙袋の中にもう一度手を入れ、一枚の紙切れを取り出した。

「占いに来た人には開運守りをあげることにしてんの。あんたにはこれね。運試しにはぴったりでしょ」

「あ、ありがとうございます」

受け取ったそれは、この商店街で行われているくじ引きの参加券だった。沖縄《おきなわ》旅行や電動アシスト自転車が当たるらしいが、これまでこういった類のもので当選したことは一度もない。確率として、たった一枚で当選することはほとんどないと思う。マヌルさんもそれを分かっていて、とりあえずくれたのだろう。近所のおばちゃんがポケットから『はい飴ちゃん』と手渡すのと同じような感覚で。

「咲玖くんに秀太くん、お待たせしました。メロンソーダです」

川谷さんが運んできたハーフサイズのメロンソーダに、ふたりは目を輝かせる。アイスの上にちょこんと乗った小さなパラソル。「雨の日バージョンです」と指差した川谷さんの言葉に、子供たちはさらに歓声を上げた。

「アイス沈めたらだめだよ。爆発するからね。ドカーン！」

咲玖の隣に座っている叶ちゃんが、最後の爆発音部分だけ大きな声を発する。一瞬びくっとしたふたりは、それからケタケタと笑い始めた。もちろん、叶ちゃんは笑っていないけれど。

「鞠さんは、緑茶などいかがでしょうか。東谷さんのお団子にぴったりの、まろやかな宇治《うじ》茶があるんです」

「ぜひ！」

東谷和菓子店のお菓子と、川谷さんおすすめの緑茶を一緒にいただけるなんて。この生活スタイルになってからは、なかなかゆっくりとお茶を味わう機会がなかったので嬉しい申し出だ。

川谷さんはわたしの反応に満足気に頷くと、棚の上から大きな屏風《びょうぶ》のようなものを取り出した。それは雛人形の背後に飾る金の屏風のような……というか、多分それだ。箱に『叶、雛用』とペンで書いてあったから。

「緑茶を味わうには、空間も整えなければ。お茶農家さんの想いを余すところなく味わい尽くすのが飲み手の義務と言えるのではないでしょうか」

カウンターに立てられた金屏風、サッと広げられた畳素材のランチョンマット。小さくても畳の香りがふわりと昇って、一瞬ここがレトロな喫茶店であることを忘れてしまう。

「叶、お琴を」

子供たちを見守っていた叶ちゃんがスマホを操作すると、店内に琴の調べが流れ始めた。どこにスピーカーがあるのだろうか。やはり川谷さんは、とことん突き詰めなければ気が済まないタイプのようだ。その気持ちは、ちょっと理解出来た。わたしも色々なことを、きっちりとやらなければ落ち着かないから。

川谷さんの淹れてくれたお茶は柔らかくて爽やかで、それでいて奥深い新緑の香りがして。あまじょっぱいみたらし団子とはとても良く合った。

「ねえ、マヌルさんは占いが出来るんでしょ？」

叶ちゃんの言葉を覚えていたのだろう。咲玖が半分ほど飲んだメロンソーダのグラスを両手で持ったまま顔を上げる。

「そうよ、なあーんだってお見通しなの」

マヌルさんはカウンター下から紫のベールと金の輪を取り出すと、自らの頭にそれらをセットして「アブラカダブラ～」とそれっぽく唱えてみせる。この間はマヌなんちゃらといった呪文だった気がするけれど、こういうのも悪くない意味でテキトーなのかもしれない。

「そういえばあんた、イベントはどうなったワケ？」

「おかげさまで、セラピストさんが見つかりました。マヌルさんにお願いしたい気持ちは山々だったのですが、ギャラを受け取っていただけないとうちも困ってしまうので」

「まあ、そうよねえ。当たりすぎて殺到されちゃっても、常連さんに悪いしねえ」

独特の解釈ではあるけれど、マヌルさんが納得してくれるのなら何よりだ。

「占って、マヌルさん！」

咲玖はすっかり、マヌルさんに懐いている。カウンターから身を乗り出すようにして、マヌルさんの鼻先に顔を近づける。秀太はいつの間にか、叶ちゃんと一緒にお絵描きをしていた。

「で、あんたは何を占ってほしいワケ？」

わたしにしたのと同じ問いかけを、マヌルさんは咲玖にする。その瞬間は、不思議な緊張感が走る。咲玖も幼いなりにその空気を察知したらしく、ごくりと喉を鳴らすのが聞こえた。

さりげなさを装いつつ、耳をすませる。わたしだって知りたい。咲玖が一体、何を占ってもらいたいのか。どんなことを知りたいと思っているのか。

「一週間分の――、お夕飯を占って」

「母子ねえ、あんたたち」

フフン、と、マヌルさんが鼻で笑った。

マヌルさんの献立占いは、もはや連想ゲームのようなものだった。以前と同じタロットカードを手早く切って、手品のようにカウンターの上に並べる。子供たちはそれだけでも「すごーい！」と大興奮。咲玖と秀太は順番に日替わりの献立を決めるカードを引き、それを見ながら三人で「これはハンバーガーに見える」とか「これは目玉焼きっぽい！」とか「タコさんウインナーの色みたい」とか、声を潜めながら相談する。

そうして出来上がった一週間分の献立は、わたしでは到底選ばないメニューばかりだった。

月曜……大ばんやきとおみそしる（お好みやき風大ばんやきでえいようも◎！）
火曜……目玉やきとしおむすび、タコさんウインナーをそえて
水曜……長しゅうのぎょうざと野さいいため
木曜……たまごかけごはんとスーパーのコロッケ、キャベツの千ぎりとともに
金曜……きっさマーヌルのナポリタン
土曜……親子どん（サラダチキンをつかうのがポイント！）
日曜……ママのすきなもの

メニューは咲玖、曜日はマヌルさんの字だ。あんなにふてぶてしくて胡散臭いのに、マヌルさんは驚くほどに達筆だった。一体何者なのか、マヌルさんは。

「このメニューで、運気がびっくりするほどアップするわよ」

「でも、あまりにも偏り過ぎているというか……」

子供たちが立てたのだから当然ではあるが、小さい子が好きそうなものばかり。

栄養面も手抜きの具合も、家族のために料理をしたことがない人たちだからこそ完成させられる献立だ。子供が苦手な野菜たちも入っていないし。

「信じるか信じないかはあんた次第よ」

流木の中央に飛び乗ったマヌルさんは、足を組んで座ると立派な尻尾をパタンパタンと揺らした。


「今日は楽しみね」

イベント当日、テーブルの上を拭きながら、先輩が嬉しそうに言う。催しはオフィスで行われるため、デスクや椅子を大移動させたりと、準備も結構大変だ。

「条件も諸々合って、本当によかったです」

「山中さんって運持ってるわよね。この調子で契約運もアップしちゃったりして」

笑いながら首を竦め、やんわりとその場を乗り切る。

先輩の言葉に他意がないことくらい、分かっているつもりだ。まだまだ新規契約が取れなくても、焦る必要なんかないって。今は信頼関係を築いているところなんだから、大丈夫、大丈夫。——なんて、自分に言い聞かせなければならないくらい、わたしの中では焦燥感が燻り続けている。

「月城先生、いらっしゃいました」

オフィスにいた誰もが、期待に満ちた表情で入口を振り向いた。すらりとした、黒ずくめの女性。大きなスーツケースを持参した月城先生は、妖艶に微笑んだ。

「今日はどうぞ、よろしくお願いいたしますね」

柔らかいような、鋭いような、不思議な声。そのときわたしの脳裏には、紫のベールと金の輪を頭に乗せたマヌルさんが浮かんでいた。

『信じるか信じないかはあんた次第よ』


一対一でのセラピーはきっかり二十分。その間、お客さんには月城先生とパーテーションで区切られたブースの中で過ごしてもらう。プライベートに深く関わる悩みを相談している可能性もあるため、わたしたちは離れたところで作業をしていた。

「あ、女将さん！　セラピーいかがでしたか？」

二十分の時間を終え、ブースから東谷和菓子店の女将さんが出てきた。いつもはエプロン姿だが、今日はロング丈のシャツワンピースを着ている。

「山中さん、ちょっといい？」

女将さんは笑顔のまま、だけどどこか困ったように眉を寄せながら、わたしのことをオフィスの端へと手招きした。嫌な予感が、胸のあたりをざわつかせる。

「何か、良くないこと言われましたか？」

女将さんは首を横に振るも、小さなカードをこちらへと見せた。

「癒しグッズを特別価格で案内するから連絡して、って……」

女将さんの小声に、どくりとみぞおちの奥が波立つ。

「ペンダントとかアロマオイルとか。この場でも買えるって言われたから、少し考えたいって言ったらこのカードを渡されて」

月城先生が持参した大きなスーツケースには、これらの商品が入っていたのだ。

「ペンダントはひとつ十万って言ってた。アロマのセットは三十万」

一気に血の気が引いていく。今日のイベントは、女将さんからスタートし、現在は二番目の予約のお客様がブースに入っている。このあとも、二十番目まで予約枠はいっぱいだ。

「これのどこがセラピーなのよ！」

ブースから、大きな声が聞こえた。

癒しや開運を理由に、多額の商品を紹介する。自称セラピストは商人だった。しかもかなり、きな臭い方の。

イベントは急遽中止となった。セラピストはなんてことのない顔で「商品を案内したらいけないとは言われていません」と言い放ち、同僚たちは参加予定だったお客様への連絡と謝罪に追われた。

イベント担当だった先輩は、上司から厳しい叱責を受けた。自分の確認が不十分だったせいだと申し出たが、先輩から『責任者はわたしだから』とたしなめられた。わたしはただただひたすらに、頭を下げ続けることしか出来なかった。

ずっしりと、体が重りになったみたいだ。頭も胸元も腕も足も、全てが重い。自分の吐き出す息さえも地面に落下していくようだ。

「わたしのせいで……」

どうしてちゃんと、確認しなかったのだろうか。マヌルさんにも、まずは自分が体験すべきだろうと言われていたのに。確認を怠ったせいで、お客様にも同僚たちにも迷惑をかけてしまった。この仕事は、信頼関係が一番大切だ。みんな長い期間をかけて、真心を込めて、それを築き上げてきている。その根幹を揺るがすようなことを、わたしは起こしてしまった。

そんな自分が許せない。しかし自己嫌悪に陥るのは、やることをやった後だ。

契約はしていなくても、女将さんとの関係はわたしにとってかけがえのないものだった。初めてイベントに参加してくれたのに、不快な思いをさせてしまった。もしかしたら、お店に入ることすら拒まれてしまうかもしれない。

「よし……」

深呼吸をして覚悟を決める。一歩足を踏み出すと、自動ドアがいつもと同じ速さで開いた。そこにいたのは——。

「あら、あんたなんて顔してんのよ」

ずんぐりむっくりした体を椅子からはみ出させながら、喫茶スペースでお饅頭を頬張るマヌルさん。その姿に、張り詰めていたものが一気に緩んでしまうのが分かった。

「マヌルさん、わたし……、わたし……」

ぽてっとした音と共に椅子から降りたマヌルさんはこちらへ来ると、わたしの背中を太い尻尾でそっと押す。促されるよう、わたしはマヌルさんの向かいの席に腰を下ろした。

東谷和菓子店には何度も足を運んでいたものの、女将さんとは立ち話をしていたため、このスペースに座ったことはこれまでなかった。座面に畳があしらわれた低い椅子の座り心地に、じわりと目の前が滲んでいく。

泣くな泣くな、わたしにそんな資格なんてない。全部自分の責任なのに、わたしがちゃんとしなかったのが原因なのに、被害者ヅラして泣いたりなんかしちゃいけない。

女将さんから今日の一件を聞いたのかもしれない。マヌルさんはただ一言、「完璧主義って、しんどいわよね」とだけ言った。

「完璧主義、なんですかね……」

小さい頃から、責任感が強いというのはよく言われていたことだった。どんなことだって自分でやれたし、他人に頼るということは弱さだとも思ってきた。すべては自分が判断したことへの結果で、うまくいってもいかなくても、それはわたしの問題だ。

離婚が決まり子供たちふたりを育てていくと決めたときだって、わたしの愛情を全力で捧げていくと誓ったのだ。

「でも、何ひとつうまくやれないんです」

涙が零れ落ちないよう、上を向いて洟をすする。

契約が取れない上、たくさんの人に迷惑をかけて。部屋だって毎日完璧に綺麗には出来なくて、子供たちにも怒ってばかり。週末だって買い出しと作り置きに時間を取られ、どこかへ連れていくこともままならない。

わたしの毎日は、そんなことの繰り返しだ。自分にも周りにも強がって、不完全な自分を許せなくて。

「一個でも実践してみた？」

「え……？」

「おチビたちと立てた、一週間分の献立のハナシよ」

ここでその話題が出るとは思わず、思考が一瞬停止する。それから少し気まずくなりながらも「いえ」と小さく首を振った。

あの献立を実行するのは、わたしのプライドが許さなかった。夕飯に、屋台で買った大判焼きだなんて。

離婚する前に一度だけ、咲玖にねだられ、たこ焼きを昼食に出したことがあった。外はカリッ、中はトロッとした、有名たこ焼きチェーン店のものだ。咲玖がおいしい！と目を輝かせたところで、突然の義母の来訪があった。大袈裟に驚いた表情をした義母は『こんな食事をさせられて、子供がかわいそう！』と喚き始めたのだ。たまたま今日は、だとか、普段はきちんとしたものを、だとか説明しても、聞く耳は持たなかった。ただただ『かわいそう』『愛情をかけてもらっていない』など、舞台上の俳優さながらにわたしを非難した。

「……だから、ちゃんとしなきゃだめなんです。手間暇かけて、しっかり計算して栄養のあるものを食べさせないと。子供たちにめいっぱいの愛情をかけるのが、親というものだから」

過去の話を打ち明けるのを、マヌルさんはじっと黙って聞いていた。かと思うと、クワァ～とあくびをする。

「くだらん。実にくだらんだわね、その義母の言うことは」

マヌルさんはもう一度、ヒゲを顔の中央に寄せるように大きなあくびをする。

「手が込んでれば愛情がこもってて、手抜きしたら愛情も抜けちゃうってワケ？ばっかばかし。そんなんで子供との時間取れなくなってたら、本末転倒じゃないの」

それにねえ、とマヌルさんはわたしを鋭い目で射抜いた。

「あんたはおチビたちを愛しているって言うけどね、自惚《うぬぼ》れちゃいけないわよ」

マヌルさんは脇に置いてあったマヌルネコの顔がプリントされたエコバッグから、一枚の紙を取り出す。それはあの献立をコピーしたものだった。「いいの作れたから、うちでも参考にしようと思ってね」と言いつつ、カサリとそれを広げこちらへと見せる。

「月曜日、大判焼きはママの好きなチーズが入ったものがあるから」

マヌルさんは丸い手で月曜の欄を押さえると、そう言って目を細めた。

「火曜日は、僕がママと秀太に塩むすびを作る。ママに『上手』って褒められたから、僕の得意料理」

ああ。これは咲玖の言葉だ。この献立を立てながら、マヌルさんに話していたのだろう。確かに一度だけ、おむすびを作っていたときに『やりたい』と言ってきたことがあった。あのときは時間に余裕があって、一緒に作ったのだっけ。ただ塩をつけてごはんを握るだけなのに、とてもおいしかった。

「ママはよく、長州の餃子を食べてたんだって。おうちでも食べられるってひーちゃんのママが言ってたから、うちでもそうしたらいいと思って」

ひーちゃんというのは、咲玖の学校の友達だ。長州の餃子は学生時代、よくお世話になった。そんな話を、咲玖が覚えていたなんて。

木曜のたまごかけごはんは、マヌルさんが咲玖に伝授してくれたお手軽メニュー。喫茶マーヌルのナポリタンのテイクアウトは、川谷さんがこっそりと提案してくれた。親子丼は秀太の好物で、サラダチキンのアイデアは叶ちゃんによるものだそう。そして日曜は、ママが好きなものを食べたいという、子供たちの希望。

「無条件で無償の愛を受けているのは、親の方なんじゃないの?」

ぱたぱたぱたっと、膝頭に涙が落ちる。

——どうして。どうしてわたしはいつも、ひとりきりで頑張っているつもりになっていたんだろう。わたしが子供たちを立派に育ててあげなくちゃ、なんて。めいっぱいの愛情を捧げてあげなくちゃ、なんて。

だけどそうじゃなかった。わたしは、ひとりなんかじゃなかった。愛する、愛してくれる、子供たちがいる。三人で一緒に、生きていく。

「山中さん」

いつの間にか、奥から女将さんが出てきていた。わたしは涙を拭いて勢いよく立ち上がると、「申し訳ありませんでした――！」と頭を下げる。勢いで、残っていた涙が床に落ちた。

ぽん、と肩に手が置かれる。ゆっくりと顔を上げると、優しく微笑む女将さんの笑顔があった。

「これね、お付き合いのある農家さんからいただいたの。おすそわけ」

こんもりと膨らんだ、大きなビニールの袋。中身はキラキラと白く輝くお米だ。

「あらあ、ちょうどいいじゃない」

マヌルさんがそう言って、ニヤリと口角を上げる。

火曜‥　目玉やきとしおむすび、タコさんウインナーをそえて

献立表を思い返し、ごしごしっとジャケットの袖で顔を擦る。

毎日じゃなくたっていいから、疲れたときや気分が乗らないときは、この献立通りにやってみよう。

今日は火曜日。愛情をたくさん込めて、手のひらから想いを込めて、塩むすびをいっぱい握ろう。咲玖と秀太にも手伝ってもらって、色々な大きさのおむすびを作ろう。目玉焼きにはしょうゆをかけて、タコさんウインナーにはごまで目をつけて。

——それから。

鞄の中に入れたままの、マヌルさんからもらった紙切れを思い浮かべる。週末には子供たちと一緒に、商店街のくじ引きに行ってみようか。幼い頃に感じたわくわくを、ふたりにも体験してほしい。身近なところにも、親子で楽しめることは溢れているのかもしれない。いや、どこであっても、みんなで一緒ならきっと楽しい。

もしも何か当たったら、マヌルさんに報告しよう。きっとマヌルさんは、鼻の穴をひくひくさせながら言うだろう。

「ほらね、あたしの占い通り」って。

フォーチュンクッキー女子高生

カランカラーンと高いベルの音が響く。列の前方から聞こえてきたそれに、わたしは首を伸ばした。

「特賞！　材料を入れてボタンをポチッ、で料理が完成！な調理家電でーす！」

ハッピを着たおじさんが声高らかに唱え、もう一度カランカランとベルを振る。

商店街のくじ引きなんて、ティッシュかタワシしか当たらないと思っていたのに。どうやら本当に豪華賞品も混ざっているみたいだ。

この画期的な調理家電は、ＳＮＳでも話題になっていたからわたしでも知っている。忙しい人々の強い味方ということで、うちのママも欲しいと言っていたから。

「ママ！　すごいよやったよ！　マヌルさんの言う通り！」

当選者はお母さんと幼い男の子ふたり。スーツ姿のお母さんは、「え？　え？」と一番当惑しているように見える。子供たちはその周りを、やったーと駆けまわる。

こういうとき、他の人々の反応を見るとその場所が普段どういったところなのかが分かると思う。今だって困惑しているお母さんに、「おめでとう」「あなた、強運ねえ！」と周りが声をかけている。つまり、わたしの地元にあるこの商店街は、あたたかい人情味あふれる場所だということだ。

「なんか、いいな」

こうやって他人の幸運を、素直に喜べる場所で育ったことが純粋に嬉しい。人知れずいつからか、母子たちにはあたたかな拍手が送られていた。

——ちなみに、ママから頼まれて引いたくじは、食器用スポンジが四つと、マヌルネコの顔面がプリントされたエコバッグという結果だった。本当は、水彩色鉛筆のセットが欲しかったんだけどな。人生は、なかなかうまくいかないみたいだ。


環境というのはその人の性格形成に大きな影響を与えるのだと、クラス替え初日に担任が熱く語っていた。みんなのためにも、誰もが等しく意見を言い合え団結出来るクラスにしていこう、と。

自分たちよりも大人である先生が、そんな理想論を信じているのが不思議だった。だって教室というのは、平等とか意見を言い合えるとか、そういうのとは全く正反対の場所だと思っているから。

ここには、いくつものピラミッドが存在していて、その中で一番大きいもののトップにいる人たちが、クラスの全権を握る。どこのピラミッドに属するか、もしくは属さないかによって、高校生活が決まると言っても過言ではない。

「かよ、購買行くなら紅茶買ってきてくれる？」

昼休み、財布を片手に立ち上がると詩織《しおり》に呼び止められた。大人っぽくて華やかな彼女は、クラス一のピラミッドの頂点にいる。そしてわたしは、彼女と同じグループの底辺にいる人間だ。

詩織の言葉に乗っかるように、「わたしもお願い」「わたしはリンゴジュース」などと他の三人からも声が上がる。こういうのも、もう慣れたものだ。お金はみんな払ってくれるし、わたしはお昼を買いに行くついでだし、別にいじめられているというわけでもない。

紅茶が二本、リンゴジュースが一本、いちごオレがひとつ。あとは自分のお昼ご飯。両手だけでは持ち切れないだろう。買うものを頭の中で確認し、リュックからミニサイズのエコバッグを取り出す。百円ショップで買った、赤と白のチェック柄のもの。くじ引きで当たったマヌルネコの顔のエコバッグは、『なにそれ』と詩織たちに笑われてから一度も使っていない。

「じゃあ行ってくるね」

教室を抜け出すと、むわりと暑さが顔に纏わりついた。夏休みまでまだあるというのに、夏は準備万端のようだ。

ざわざわと人々が蠢《うごめ》く廊下を進んでいく。階段を下りて、昇降口を横目に進み、人がごった返す購買へと足を進める。

——わたしには友達がいる。

疑いなくそう口に出来たのは、いつまでだっただろう。小学校の頃は出来ていたことが、中学、高校と進むうちにどんどん難しくなっていった。学校でひとりで過ごすことはわたしにとって、ある種の終了と同じ意味を持っている。そんな中でいつからかわたしは、同調しながら高校の三年間が平穏に終わるのを静かに待つだけの人間になっていった。

周りが笑っていたら笑顔を作って、怒っていればなんとなく分かったような顔で頷いて、嘆いているときには眉を下げて唇を噛みしめて。いつも一緒にいる詩織たちは、わたしのことを友達とは思っていないだろう。都合よく動くわたしのことを分かっていて、グループ内に置いてあげているといったところだと思う。

虚しくないのかと言われそうだが、そんなことは考えない。だってこの学校という狭い檻の中で平穏に生きていくには、こういうことは不可欠だと思うから。

「これで全部、だよね」

買う予定だったものの会計を終え、エコバッグに詰め込む。しかし小さすぎて、ペットボトルのひとつがぼとりと床に落ちてしまう。拾おうと体を屈めたとき、ほっそりとした手がボトルを拾い上げた。

「……あ」

無表情でこちらへそれを差し出したのは、隣のクラスの川谷さん。

誰かと群れることなく常にひとりで行動している川谷さんは、変わり者として有名だ。それを知ってか知らずか、川谷さん自身は常に飄々《ひょうひょう》としている。堂々としている、というよりは、飄々と。ピラミッドなんて、彼女には見えてもいないのかもしれない。

「落ちた」

彼女の発した声や言葉からも、感情は読み取れない。

「あの、ありがとう」

ぺこりと頭を下げてボトルを受け取ると、川谷さんはわたしの膨らんだエコバッグにちらりと目をやった。無意識にそれを後ろ手に隠してしまう。しかし川谷さんは何も言わず、わたしに背を向けスタスタと歩き去っていった。

ひとりでいることを恐れない川谷さんと、ひとりになりたくないがために使いっぱしりのようなことをしている自分。

じわりと、気まずさが胸に広がる。何を言われたわけではないし、川谷さんはわたしのことなんか知らないだろう。

それでもなんとなくいたたまれない気分になり、わたしはそっと息を吐き出した。川谷さんが同じクラスじゃなくてよかった。川谷さんみたいな人と顔を合わせることは、詩織たちの飲み物を買うことよりもずっと惨めだから。

「いいんだよ、これで」

自分に言い聞かせるように呟き、教室を目指した。エコバッグの重さが、ぐっと指先に食い込んでいた。


スケッチブックの紙の凸凹の上を、鉛筆の芯が走っていくカリカリという音。インターネット上にはたくさんの癒し系ＢＧＭが溢れているけれど、わたしにとって一番心落ち着くのはこの音だと思う。

小さい頃から絵を描くことが大好きだった。まっさらな紙の上に、自分の好きな色で好きなものを描いていいということに、すごくワクワクした。誰にも邪魔されず、目に見えているものではなく、頭の中に浮かんだものを描いていい。

絵を描くことは好きだけれど、写実的なデッサンなどはあまりおもしろみを感じない。どれだけリアルに描くことが出来るかというよりも、リアルでは見られないような景色を描く方がわたしには合っているのだろう。そんなこと、誰かに言ったりはしないけれど。

「水彩色鉛筆があればなぁ……」

青で塗った部分に、斜めに白鉛筆を走らせる。そのコントラストを見ながら、水彩色鉛筆だったらもっとイメージに近いものが表現出来るのに、とぼんやり考える。

わたしが欲しい水彩色鉛筆のセットは六千円ほどする。買えない値段というわけではないけれど、わたしにとっては結構な大金だ。ただでさえ、高校生をしているとお金がかかるのだ。スマホ代にお昼代、放課後にみんなで行くカフェやカラオケだってなかなかの出費だ。当然、お小遣いだけで間に合うわけもなく、お年玉などを少しずつ取り崩して使っている。

放課後に出かけなければいいと思われそうだが、そんなことをしたら詩織たちになんと言われるか分からない。平穏なわたしの日々は、いとも簡単に崩れてしまうだろう。それを考えれば、これは必要な出費であって、ひっそりとした趣味のための買い物を諦めるのは仕方のないことだ。

こんな風に、わたしの人生は『仕方のないこと』だらけで出来ている。

毎日を平和に過ごすためには、仕方ない。学校とはそういうところなのだから、仕方ない。わたしの立ち位置を考えれば、何もかもが仕方ない。

楽しいわけでもないのに笑顔を貼り付け、そこに意志はないのに同調して、へらへらフララ。

だけど絵を描いているときだけは、そういうものも全て忘れることが出来る。ここには紙の上の世界しかなくて、そこでわたしは誰の目を気にすることもなく、どこまでも自由に飛び回る。

「かよ、夕飯出来たから降りておいで」

ノックやドアが開けられた音にも気付かなかった。いつの間にかママが呼びに来ていたことに驚き、わたしは咄嗟《とっさ》にスケッチブックを閉じた。

中学時代、空想だらけの絵を描いていたことがきっかけで、クラスで孤立してしまったことがあった。あれ以来わたしは、絵を描いていることを家族にも周りにも隠している。

「分かった、今行くね」

台所からは、カレーのいい匂いが漂っていた。

我が家はいつも、夕飯は家族で食べることになっている。ママの作るカレーは、昔からずっと甘口だ。だけどパパは辛口派だから、いつもふたつの鍋でカレーを作っている。本当はわたしだって、辛いものも食べられる。だけどそれを言い出したらママを悲しませる気がして、口に出せずにいる。

「もうすぐ文化祭だけど、かよのクラスは何やるか決まったの？」

我が校は少し変わっていて、毎年夏休み前に文化祭が行われる。

「多分、カフェとかになるんじゃないかな」

クラスには三十人ほどの生徒がいるけれど、詩織たちがカフェをやりたいと言っていたから、きっとそうなるのだろう。

「俺たちのときは、文化祭の花形と言えばバンド演奏だったよな」

「そうそう。パパのバンド、結構人気だったの」

両親は、高校時代の同級生だ。つまり今のわたしと同じ年齢のときに出会い、この時期には付き合い始めていたらしい。彼氏どころか、友達すらまともに作れていない自分には想像も出来ないことだ。話を聞く限り、ふたりは当時、ピラミッドの頂点に属していたと思う。そんなふたりから生まれたわたしは、そことは程遠い場所にいるのだから、血というのも当てにならないなと思う。

口に出したりはしないけれど、パパとママはわたしにも同じような高校生活を送ってほしいと望んでいる。友達がたくさんいて、いつも楽しくてキラキラしてて、ザ・青春という感じの日々を過ごしてほしいと願っている。

ふたりの目にわたしは、決して華やかなタイプではないけれど、そこそこ楽しい毎日を過ごせているように映っているだろう。以前、詩織たちと撮った写真を見せたら『かわいい子たちばっかりね！』と嬉しそうにしていたから。

「週末は友達とどこか出かけるの？」

「ううん。来週テストがあるから勉強する」

そう伝えると、ママは「高校生も大変よね」とため息をついた。

ちくりと胸の奥が痛む。本当はテストなんてない。勉強といって部屋に籠っていれば、好きなだけ絵を描いていられる。

だけど、これくらいは許してほしい。絵を描いている間だけ、わたしはわたしらしくいられるのだから。

「二年三組の出し物は、カフェに決定でーす」

ホームルーム、学級委員長の声が教室に響く。もちろんカフェを提案したのは詩織で、多数決でも有無を言わさぬ状況でカフェに票が集まった。

「じゃー次は、どんなカフェにするか決めまーす」

ちなみにうちの学校は共学ではあるものの、男子のほとんどは工学科に所属していて、わたしたち一般科は女子の数が圧倒的に多い。実際、このクラスに在籍している男子五人は、ひっそりと肩を寄せ合って毎日を過ごしているような状態だ。お客さんにウケもよさそうで、自分たちも楽しめるようなカフェのアイデアがちらほらと挙がり、黒板が埋まっていく。メイドカフェ、男装カフェ等々。

そこで詩織が、ひとつ大きなため息をついた。

「なんか、そういうのじゃなくって。おしゃれなカフェのがよくない？」

詩織曰く、パステルカラーで統一させてグリーンをたくさん置いたり、かわいいドリンクやスイーツを出した方がいいんじゃないか、とのこと。とにかく写真映えするカフェの方が絶対にお客さんが集まるということだった。

「――という意見が出てますが、みなさんどうですか？」

学級委員長は肩書きとしてはクラスを率いる役割だが、司会進行を務めているだけで、実際にクラスの物事を決めるのはいつだって詩織たちだ。

「反対意見のある人はいますか？」

もはや多数決をするということすら、面倒なのかもしれない。学級委員長は諦めたような表情でクラスに問いかけ、いつもの通り、誰も声を上げることはなかった。

「かわいいカフェ、楽しみ。さすが詩織だよね」

「先月行った、新大久保のカフェ！　あそこみたいなイメージよくない？」

昼休み、グループ内では文化祭のカフェの話題で持ち切りだった。先月行った新大久保のカフェ、というのは、わたしには初耳だ。

「かよ、ごめんね。先月たまたま、新大久保でみんなでばったり会ってさ。流れで、人気のカフェに行ってきたの」

今更のように、詩織がわたしに向かって申し訳なさそうに眉を下げる。すると周りも「かよも一緒ならもっと楽しかったよね」などと口にした。

「すごい偶然だね！　今度はわたしも一緒に行けたらいいな」

ニコニコしながら思ってもいないことを口にするのも、もう慣れてしまった。

そんなまさか、約束もなく四人が新大久保で、ばったり顔を合わせるなんて。わたしだって、詩織の言葉をそのまま信じるほどばかじゃない。それに、同じ場所で撮ったスイーツの写真をＳＮＳにみんなが投稿していたときから気付いていた。それでもショックなんかは全く感じず、誘われなくてよかったと安堵していたのだ。

休日くらいは周りを気にせず、ゆっくりと過ごしたい。だけどもし誘われたら、わたしに拒否権はないだろうから。

「で、スイーツ何にする？」

クラスの出し物は、おしゃれカフェということで決まった。そこで出すメニューは、グループごとに分かれて一品ずつ担当する。わたしたちは、スイーツ担当だ。

「人気が出そうなものがいいよね」

「お菓子作りとか一度もやったことないんだけど」

「去年先輩たちが、冷凍クレープやったって言ってた。業務用のあるんだって」

流れていく会話たち。わたしはいつも頷いたり相槌を打つばかりで、基本的に発言をしたりはしない。というよりは、何を話したらいいか分からないのだ。

「かよって、お菓子系得意そうだよね」

詩織の言葉に、全員の視線がわたしに集まる。口の中に入れたおにぎりが喉に詰まりそうになり、慌ててお茶と共に胃の中へと押し込んだ。

「わ、わたし……？」

お菓子作りなんて、一度もやったことはない。それどころか、卵焼きすら作れるか危うい。詩織たちが行くようなおしゃれなカフェにだって縁がない。

しかし、四人からこう射抜かれるように見つめられては、背中に汗が滲むばかりで、言葉がうまく出てこない。

「確かに、かよって家庭的な感じする」

「色々調べるのも得意な気がするし、成績もいいし」

ぐわんぐわんと、四人の言葉や笑顔が脳みそを揺らしていく。ぐるぐるぐると、彼女たちの姿が、教室の背景とマーブル模様みたいに歪んでいく。

「えっ、と……でもわたしじゃ……」

額を押さえ、どうにか出した声は詩織の鶴の一声に飲み込まれた。

「しっかり者のかよに任せるのが一番いいよね！」


大変なことになった。胸のあたりに何かがつかえているようで、むかむかとする。それでもどうにかしなければ。

昼休み以降、体全体が石になったように固くて重い。学校が終わったあと、みんなはいつも通りカラオケへ行ったけれど、今日ばかりは行く気になれなかった。とにもかくにも、お菓子のアイデアを仕入れなければ。

スマホで検索するも、どの程度のものならば作れるのか見当もつかない。SNSで出てくるようなカラフルでおしゃれなスイーツは、多分素人じゃ無理だろう。わたしでも作れて、かつ、人気が出るもの。詩織たちが納得する、特別なもの。

そこでわたしは、学校の最寄り駅近くの商店街にある本屋さんへ足を運んだのだ。ここならば、初心者向けのレシピ本もあるだろう。

「こんなにあるなんて……」

しかしわたしは、レシピ本コーナーの棚を前に立ち尽くしていた。お菓子作りの本、さらには『簡単』や『初心者』といったワードで絞り込んだとしても、何冊もあるレシピ本。これじゃ、どれを買えばいいのか分からない。数冊棚から抜き出してパラパラと中を見てみたが、どれも難しそうで「本当に簡単なの？」と疑いたくなってしまう。

本棚に目を走らせたまま一歩ずれると、今度は占いのコーナーになってしまった。なんだろう、今年はひどい運勢だったりするのかな。なんていうんだっけ、一時期ママがよく言ってた。やく……なんだっけ。ええっと、ああ、厄年だ。そういうやつだったりして。

「占いすんの？」

呆然と本棚を見上げていたから、隣に人がいたことに気付かなかった。ぼんやりとそちらへと顔を向けたところで、一気に意識が覚醒する。その言葉を発したのは、川谷さんだったのだ。

「あ、えっと……」

わたしに質問したのだろうか。いや、他にいないからそうなんだろう。だけど川谷さんはすでに、わたしではなく本がずらりと並んだ棚を眺めている。

「たまに信じてみたくなるよね」

その姿勢のまま、川谷さんは抑揚なく言葉を発する。

——まずい。早く否定をしなくては。だけどここで『そうじゃない』と言ったら、川谷さんに恥をかかせてしまうんじゃないか。そんな心配が頭をもたげ、わたしは何も答えられない。

「占いって、行ったことある？」

そこで川谷さんは、まっすぐにわたしを見た。胸の下までサラリと伸びた、薄茶色の髪。スッとした眉に、どこか深いオリーブ色を含んだような透き通った瞳。濃いメイクをしているわけではないのに、川谷さんはどこか大人っぽく、それでいてすごく綺麗だ。

これまでも美人だなと思ってはいたけれど、こうしてまじまじと向き合うと、その美しさに引き込まれてしまいそうだった。

「——あ、えっと」

数秒ののち、わたしはハッと我に返る。わたしが彼女を見つめている間、川谷さんは微動だにせずわたしを見つめ返していただけだったから。

「えっと、行ったことはなくって」

せいぜい雑誌の占いコーナーや、朝のニュースで今日の運勢を見るくらい。そもそも、わたしは占いに興味があるわけではなくって——。

そう言いたかったけれど、川谷さんは「じゃあ」と間髪入れずに言葉を続けた。

「うち来る？」

無表情で、マイペースで、実体がよく分からないと噂の川谷さん。そんな彼女の家に、わたしは招待されたのだった。


そこは、まるで映画に出てくるようなおしゃれな喫茶店だった。この商店街は何度も通っていたはずなのに、こんなに素敵なお店があることにこれまで気付かなかった。ひっそりとした、幅の狭い木の扉には、一部ステンドグラスが使われている。中の様子がよく見えないところも、隠れ家みたいでわくわくする。ドアのそばには、ずいぶんと古めかしい立て看板がどっしりと鎮座していた。

喫茶マーヌル。発音するのに若干迷うこの喫茶店こそが、川谷さんのおうちだった。

――チリンチリン。

「ただま」

軽快なベルの音に合わせ、川谷さんがその三文字を口にする。何かの暗号かと思ったけれど、カウンターの中から「叶、おかえり」という声が聞こえてきたので、「ただいま」なのだと理解した。

「おや、叶のお友達かな？」

ひょこりとカウンターから顔を出したのは、すらりとした男性だ。年齢は、うちの両親と同じくらいだろうか。川谷さんのお父さんだと、スッとした目元の感じですぐに分かった。ただ、お父さんはアンニュイな雰囲気である川谷さんとは違って、穏やかそうな人だ。

「こんにちは、わたし——」

ぺこりと頭を下げ、自己紹介をしようとしたとき。

「隣のクラスの町田《まちだ》かよちん」

とさりとリュックを足元におろし、カウンターの端っこに座った川谷さんがそう言った。川谷さんのお父さんに頭を下げ、戸惑いつつも彼女の隣に腰を下ろす。同じように、リュックは足元にそっと置いた。

「川谷さん、わたしのこと知ってたの……？」

これまで、クラスや委員会やクラブ活動など、同じになったことなんてなかったのに。他人に全く興味を示さなそうな川谷さんがわたしの名前を、しかもフルネームで知ってくれていたなんて。

「表彰されてたじゃん、絵で」

「……そんなこと、よく覚えてたね」

確かに一年生の一学期、美術の授業で描いた絵が選ばれ、全校集会で表彰されたことがあった。誰もそんなこと、覚えていないと思っていたのに。

「〝そんなこと〟、じゃないじゃん」

川谷さんは変わらぬトーンのまま続ける。

「まあでも、かよちんにとって〝そんなこと〟なら、そうなのかもしんないけどさ」

あの出来事を覚えていてくれたこと。それ以来、わたしを知っていてくれたこと。自然に名前を呼ばれたこと。絵が表彰されたという事実を肯定してくれたこと。そしてわたしの今の感情も、否定しないでくれたこと。

そのどれもが、わたしにとっては想像もしていなかった出来事で。なんとなく胸の奥がきゅっと締め付けられるように感じた。

「叶と仲良くしてくれてありがとうございます」

そのとき、カウンターの奥から川谷さんのお父さんが再び出てきた。両手にはナポリタンスパゲッティが乗っている。それらをひとつずつ、わたしたちの前へと置くと、つやりと銀色に光る大きなフォークを添えてくれた。

「おやつにどうぞ」

「えっ、でも……」

慌てて川谷さんに助けを求めるも、彼女はすでにフォークをくるくると回してナポリタンを巻き付けている。

「娘の友達におやつを出すのは、至極当然のことです」

わたしはぺこりと頭を下げ、紳士的なお父さんの好意に甘えることにした。川谷さんも気にしていないみたいだし。

「ありがとうございます、お父さん。いただきます」

お礼を改めて伝え、両手を合わせたときだった。

「かよさん、ちょっとお待ちください」

お父さんの凜とした声が正面で響く。わたしはえ?と、手を合わせたまま顔を上げた。

「確かにわたしは叶の父ではありますが、現在かよさんは、娘の友人であると同時に、当店の敷居を跨いだまさにその瞬間から、お客様でもあるわけなのです。そんなかよさんに呼んでいただくのであれば、やはり〝川谷〟とお呼びいただくのが一番よろしいかと思うのですが、ご了承いただけますか?」

こんな風にとめどなくスラスラと長いセリフをしゃべる人を、しかも高校生のわたしにまで敬語で話す人を、これまで現実世界で見たことがない。変わり者と言われる川谷さんのお父さんも、やはり少し変わっているのかもしれない。悪い意味とかではなくって。

「そしたら、川谷さん……でいいですか？　でもそうなると」

隣のクラスの川谷さんのことは、なんて呼べばいいんだろう。その戸惑いは、隣の席の彼女にも伝わっていたみたいだ。彼女はナポリタンをちゅるんと一口食べると、「叶でいいじゃん」と水を飲みながらそう言った。

「えっと、そしたら……。叶……ちゃん」

なんとなく気恥ずかしくて、〝ちゃん〟を加える。下の名前を呼ぶ。たったそれだけなのに、なんだかぐっと距離が近くなった気がする。顔色ひとつ変えない叶ちゃんの横で、わたしはなんとなく口角が上がるのを隠すようにもじもじとしていた。

——と。

「青春ねえ……」

どこからか、野太い声がしみじみとそう呟くのが聞こえてきたのだ。空耳だろうか？　そう広くないお店の中は、カウンター席と小さなテーブル席がふたつだけ。レトロな照明や家具はかわいいし、カウンター内の棚にぎっしり整列している缶たちも気になる。だけど叶ちゃんとのやりとりに集中しすぎていて、店内の様子をじっくりは見ていなかった。さっきはわたしたち以外、誰もいないように見えたけれど、もしかして他にもお客さんがいたのかもしれない。

しかし、見回せども見回せども、人間の姿はない。

「青春ってのは色恋沙汰だけじゃないのよ！　スポ根だけでもないし、自分探しにもがくだけでもないの！　友情、友情よ！　友情ってのは最大の青春なのよ!!」

どんどん熱量を帯びていく姿のない声に、思わず叶ちゃんの袖を引っぱった。

「ね、ねえ！　なんか聞こえるよね!?」

だって川谷さんも叶ちゃんも、まるで何もないように淡々と過ごしていたから。本当は聞こえちゃいけないものが聞こえてしまっているんじゃないかって、怖くなってしまったから。

「マヌルさん、かよちんが怖がってる」

叶ちゃんはナポリタンを食べる手は止めず、どこかに向かって言葉を発する。

「マ……、マヌルさん……？」

外国の人がいるのだろうか。そんなことを考えた瞬間、右の頬をもふっと柔らかな感触がすり抜けていった。何かが過ぎ去る、小さな風も。

「へっ」

反射的に顔を上げたわたしは、そこで一時停止してしまう。いつの間にか、カウンターの中、わたしの正面に大きなネコが立っていたから。

グレーと茶と白が混じったような毛は、買ったばかりのぬいぐるみみたいにぎっしりと詰まっている。まさに、もふもふという表現がぴったりくる外見だ。大きな体はまるっこくて、カウンターに置かれた前足もぽってりとしている。こちらを見つめる瞳は黄金色で、すべて見透かされているような感覚にさせられる。横長の耳に、顔の両脇に入った黒の二本ラインの模様。そしてなんとも言えない、不機嫌そうな顔。

ふと、くじ引きでもらったエコバッグが脳裏に浮かんだ。

「マヌル、ネコ……？」

そう呟いた瞬間、ネコの口元がにんまりと弧を描く。それはまさに、わたしが普段描いている絵の世界観とリンクしているようで。すごいことが起きるんじゃないかという期待が、胸の奥底から湧き上がる。

「お嬢ちゃん、気に入ったわ」

先ほどの太い声は、どうやらこのマヌルネコのものだったみたいだ。

「どうしてマヌルさんはしゃべれるんですか？」

「なによ、マヌルネコがしゃべったっていいでしょうよ」

「マヌルさんはいつから人間界で過ごしてるんですか？」

「生まれ落ちた瞬間からよ」

「どうやって言葉を覚えたんですか？」

「お嬢ちゃんが言葉をしゃべれるのと同じ理屈よ」

すごい、すごいすごいすごい！

マヌルさんは、人間と同じように歩き、動き、しゃべる、正真正銘のマヌルネコなのだ。想像で描いていた世界は、ただの空想なんかじゃなかった。現実に、人間とまるで同じように生活をするマヌルネコが存在したのだ。

「かよちん、変わってる」

隣でナポリタンを食べ終えた叶ちゃんが、頬杖をつきながらこちらを見ている。叶ちゃん曰く、初対面でここまで嬉々としながらマヌルさんに質問をする人は見たことがないとのこと。

「あらあ、咲玖たちだってすぐにあたしに懐いたわよ」

咲玖くんというのは小学生のお店の常連さんで、いつもお母さんと一緒に来るらしい。つまりわたしの精神年齢は、小学生と同じということか。それはそれで、まあいいかとも思う。だってそんなプライドなんかよりも、しゃべるマヌルネコに出会えたということの方がずっと大事で意味がある。

「てか、かよちん。そんなにしゃべれんだ」

続けられた叶ちゃんの言葉に、わたしは首を傾げる。

「学校で見かけると、いつも周りの話聞いてる感じだったから」

――へらへらして、フラフラして、周りになんとなく同調して。学校でのわたしは、叶ちゃんの言う通り。だけど本当のわたしは、自分の好きなことに関しては好奇心が抑えられないタイプだ。

自分らしくいられる絵の世界と、このお店の空気感。本当に勝手だけど、そのふたつがとても近いように感じてしまう。だからこそ居心地がよくて、ついつい、素の自分が出てしまったのだろう。

「それでさ、マヌルさん」

叶ちゃんはストローでアイスティーをぐるりと混ぜると、足を組み直す。それが大人っぽくて、心なしかどきりとしてしまう。

「かよちん、占いに興味あるんだって」

――そうだった。叶ちゃんはわたしのことを、専門書を探すほどの占い好きと思っていたのだった。

ずんぐりとした重たそうな体に、短めの手足。ふてぶてしさを前面に出したマヌルさんの頭には、紫色のベールと金色の輪っか。手には、丸い物体を持っている。何を隠そう、マヌルさんは正真正銘の占い師だったのだ。

「すごい……!!」

改まって奥から出てきたマヌルさんの姿に、わたしの中で好奇心が再び疼く。だって、マヌルネコの占い師だなんて、そんなの素敵すぎる。わたしが描く世界にも、動物の占い師が登場することは多々ある。マヌルさんはまさに、そこから飛び出してきたようだった。

「で、お嬢ちゃんは何を占ってほしいって？」

このセリフもすごく効いている！　マヌルさんの雰囲気にもぴったり。もしこれが絵本だったら、このセリフがあらすじの部分に載るだろう。というところまで考えて、はっと我に返る。

占ってもらうならば、その対象を決めなければいけない。えっと、いろんな悩みはあるけれど、目下の緊急の悩み事と言えばこれしかない。占いで決められるものではないのかもしれないけれど。

「あの、文化祭でカフェをやるんですが、そこで出すお菓子を何にしたらいいのか悩んでいて……」

マヌルさんはフン、と鼻息を吐き出すと「お嬢ちゃんの作りたいもんでいいでしょうよ」と手に持っていた丸い物体を、カウンターの上に置いた。それは、小さなプラネタリウムドームのような形で、表面に星座みたいなものが描かれている。

「でもわたし、お菓子作りをしたことがないんです。お菓子のことって、なんにも分からなくて」

「クラスメイトたちはどうしてんのよ？」

マヌルさんの質問に、わたしは言葉を詰まらせる。詩織たちは今頃、文化祭のことなんて忘れて放課後を楽しんでいるのだろう。

マヌルさんはなんとなく察したのか、大きなため息をつくと、「人間ってめんどくさいわねえ」と、カウンター上の球体を爪でカツンカツンと突いた。

「で、どんなもんなら納得してもらえるワケ？」

詳細は話していないのに、マヌルさんは詩織たちの存在までお見通しのようだ。

「初心者でも作れて、ある程度量産出来て、かわいくてお客さんから人気が出るようなお菓子……」

詩織たちから言われた条件を口にしながら、改めてその途方のなさに声は尻すぼみになっていく。

「味は!!」

クワッとマヌルさんが牙むき出しで口を開ける。

「カワイイとか写真映えするとかおしゃれとか！　その前に、まず味でしょうよッ！　その小娘らは、なーんにも分かってないわね！」

勢いのまま口にするマヌルさんに、心がスッとしてしまう。小娘という言葉も、生で聞いたのは初めてだ。

「相沢。店での言葉には気を付けてくれ」

「うるさいわね、他に誰もいないんだからいいでしょうよ。小姑って呼ぶわよ」

「すでに普段から呼ばれているが」

相沢、というのはマヌルさんの本名なのだろうか。ふたりのやりとりは気心が知れているからこそのものに見えて、小さな羨ましさを覚える。

「だから、占ってってば」

そのコントに終止符を打ったのは、叶ちゃんの落ち着いた声だった。マヌルさんは下唇を出して息を吐き出す。よく昔のマンガとかで、キャラクターたちが前髪をふうっと吹く仕草と同じだ。マヌルさんに前髪はないけれど。

「お嬢ちゃん、何座？」

「みずがめ座です」

するとマヌルさんは、先ほどの球体状の置物をくるくると回しながら、周りについていた小さなボタンのひとつを爪でプッシュした。コロン、とテーブルの上に小さな巻物のようなものが出てくる。

「これ、なんですか？」

「卓上おみくじ器、知らないの？　やだあ～ジェネレーションギャップ!?」

大袈裟に目を見開いてから、有名絵画のようにへなへな体をくねらせたマヌルさんは、ふたつの前足を頬にあてた。なんというか、すっごく〝昭和っぽい〟。

「昔は、喫茶店やファミレスには大体このおみくじ器があったんですよ。一席ひとつずつ置いてあってね、一回百円でやれるんです。わたしもよくやりました」

川谷さんはくねくねするマヌルさんをスルーし、出てきた巻紙をわたしへと手渡した。おみくじ器、というからには、神社で引くおみくじと同じ感じなのだろう。

「占いって、このおみくじのことですか？」

タロットカードとか水晶とかナントカ術みたいなものが出てくると思っていたわたしは、若干拍子抜けしてしまう。このおみくじでは、お菓子のヒントにはならなそうだ。別に占いに頼ろうと思っていたわけではないから、いいのだけど。

「あら、お嬢ちゃんたら。おみくじだって立派な占いなの。このおみくじ器があれば、占い師なんかいなくたって誰でも運勢を占えるのよ。便利よねえ」

これが占い師の言葉なのか、若干疑ってしまいたくなるようなことをマヌルさんは平気な顔で言う。

「……おみくじのクッキー」

叶ちゃんの言葉に、わたしたちは一斉に振り向いた。スマホをぽちぽちといじる叶ちゃんは、視線だけちらりとわたしに向ける。

「フォーチュンクッキー。そんな難しくないし、色入れれば若干かわいさ出るかもだし、みんな好きじゃん。占いとかそういうの」

「ふぉーちゅんくっきー……？」

耳慣れぬ言葉に、疑問符が浮かぶ。叶ちゃんは相変わらずの無表情のままこう続けた。

「手伝うよ。わたしが」


それ以来、放課後だけでなく休日も、わたしは喫茶マーヌルに入り浸ることとなった。お店の奥にはこぢんまりとした厨房があり、川谷さんがそこを使わせてくれているのだ。

このお店は元々、マヌルさんのおじいさんが喫茶マーブルとしてやっていたのを、引き継いだのと同時にマーヌルへ名前を変更したらしい。看板がマーヌルだったのは、マヌルさんがビニールテープで無理やりブをヌに変えたときの名残とのこと。

なんだかそういうエピソードひとつひとつも、すごくマヌルさんらしい。

「だいぶ綺麗に焼けるようになってきたじゃん」

「叶ちゃんという大先生のおかげだよ」

叶ちゃんの提案してくれたフォーチュンクッキーは、おみくじ入りクッキーのこと。薄く焼いたクッキーを固まる前に三日月形に折り畳み、その隙間にメッセージや運勢などを書いた紙を入れる。

アイシングカラーというお菓子用の粉を入れることで、パステルピンクやパステルグリーンのクッキーを作ることにも成功した。一度学校に試作品を持っていったところ、『まあいいんじゃないの』と及第点をもらったので、あとは練習を重ねるだけだ。

叶ちゃんのクラスは縁日の屋台をやるらしいが、叶ちゃんは当日の店番のみで、この時期に準備することなどは何もないとのこと。他のクラスメイトたちは装飾を作ったりと忙しくしているらしいが、叶ちゃんにはそういった話は回ってこない。本人曰く、「わたし、怖がられてるから頼みにくいんじゃないの？」ということだった。叶ちゃんは感情が表に出にくく、それでいて飄々としているだけで、根はすごく優しい子なのに。

「はあ、終わったぁ」

最近ではクッキーを焼いたあと、カウンター席で並んで宿題をしていくことが多い。端っこに叶ちゃん、隣にわたし、その横にマヌルさんという並びだ。

「ねえお嬢ちゃん。おみくじには何を書くワケ？」

今日もマヌルさんは、試作したクッキーをむしゃむしゃと食べている。マヌルネコにお菓子は良くないんじゃないかと思ったものの、マヌルさんはチョコレートも辛いカップラーメンもメロンソーダも好きなので、普通のネコとは体の作りが違うのかもしれない。

「まだ考え中なんですけど。海外だと、前向きな言葉が書かれていることもあるらしくって」

フォーチュンクッキーについて調べたところ、内容も色々なジャンルのものがあるということが分かった。運勢を占うようなものでもいいし、メッセージなどでもよくて、特に決まりがあるわけじゃないみたいだ。

「お客さんがあったかい気持ちになれるようなものがいいなぁと思ってます」

「絵、描けば」

叶ちゃんの提案に、わたしはクッキーを持った手を止める。

わたしたちは喫茶マーヌルで、色々な時間を過ごしていた。一緒にクッキーを作る時間。お互い相談しながら宿題をする時間。お茶を片手に、マヌルさんとまったりおしゃべりする時間。そして、それぞれリラックスする時間。叶ちゃんは音楽を聴きながら本を読み、わたしは家から持ってきたスケッチブックに絵を描く。

ここでならば、周りを気にせずにスケッチブックを開くことが出来た。わたしの行動を干渉したり、馬鹿にしたりする人は、この店にはいないと信じられたからだ。

「でも、わたしの絵って子供っぽいから」

――そう。わたしの描く絵は、現実には起こらないようなことばかり。だからこそ中学のとき、『ひとりだけ子供みたいな絵を描いてる』とからかわれ、孤立することとなったのだ。

「わたしは好きだけど、かよちんの絵。なんか、絵本開いてる気持ちになる」

まっすぐな叶ちゃんの言葉は、わたしの心を強く震わせる。叶ちゃんはお世辞や嘘を言ったりする子じゃない。それにわたしは、ひどく嬉しかったのだ。自分で絵を描いているときの気持ちは、幼い頃に絵本を読んでわくわくしていた気持ちとよく似ていたから。

「嬉しいけど……、今回は文字だけにしておくよ」

「そっか」

それでも、あのときのトラウマはわたしの心に大きな影を落としている。もうあんな思いはしたくない。高校生活は、卒業まで平穏に過ごしたい。

「ありがとう叶ちゃん」

「んー」

叶ちゃんはそれだけ言うと、カチリとシャープペンを一度だけノックした。

「ねえ、かよ。最近、川谷さんとよく話してるの見るけど。仲良いの？」

放課後、叶ちゃんとの待ち合わせに行こうとリュックを背負ったとき、詩織たちがわたしのことを囲んだ。

「えっ」

咄嗟のことに、答えるタイミングを失ってしまう。そして瞬時に理解してしまった。これは、良くない状況が起きているということを。

「去年、川谷さんと同じクラスだったんだけど、いい噂聞かないから。かよのこと心配になっちゃって」

詩織を筆頭に、それぞれが叶ちゃんの根も葉もない噂話をわたしに言い聞かせてくる。やばいバイトをしているとか、他人の彼氏を何人も取ってきたとか、毎日朝帰りしているとか。どれもがでたらめだと分かるようなものばかりだ。

「でも、叶ちゃんそんなことする人じゃないし……」

「ねえ、かよ。うちらと川谷さん、どっちを信じるの？　もし川谷さんが怖くて自分から離れられないなら、わたしらから言ってあげるけど」

うんうん、と頷き合うみんなを前に、わたしはぎゅっと奥歯を噛んだ。

そんなことはありえないって、ちゃんと言いたい。だけどそれを言ったら、詩織たちは言葉通り叶ちゃんに何か言いに行くだろう。人と関わることが得意ではないと言っていた叶ちゃんを、そんな状況に追い込むようなことはしたくない。

「……うん、分かった。心配してくれてありがとう」

思ってもいないのに笑顔を貼り付け、意志はないのに媚びへつらって、へらへらフラフラ。

叶ちゃんのためを思って、なんて言ったって、そんなのは言い訳にしか過ぎない。わたしは怖かったのだ。今一番身近にある平穏が、一瞬で地獄へと変わっていく現実が。

——最低。最低だ、わたし。だけど他に、道はなかったんだ。

その日から、わたしは喫茶マーヌルに行かなくなった。そして一切、絵を描くこともなくなった。

幸いなことに、クッキーの作り方はもうきちんと覚えていた。自宅のオーブンでもうまく焼けたし、ママとパパは試作品を食べて「すごい！　おいしい！」と喜んでくれた。それでもわたしの心の中は、あの日からずっと雨が降っている。

「文化祭、いよいよ明後日ね。ママもＰＴＡの当番があるから、休憩時間にかよのクラスに顔出すからね」

夕飯後、ママが嬉しそうに文化祭のパンフレットを眺めていた。わたしよりも、ママの方がずっと文化祭を楽しみにしているように見える。ちなみに当日、パパは仕事だ。

「中に入れるクジは、もう完成したの？」

「うん、全部書き終わったよ」

クッキーに挟む紙は、とても小さい。コピー用紙に薄く定規で線を引き、縦一センチ、横十センチサイズにカッターで切っていく。そこに油性ペンで、前向きなメッセージなどを書いていった。

「五十個分って言ってたわよね。お友達と分けてやったの？」

「ううん、クジとクッキーはわたしの係だから。他にも店内装飾とか色々あるんだよ」

「確かにそうよね」

納得してくれたママに、そっと胸を撫でおろす。クジを作る上で一番大変だったことは、五十種類にも及ぶ前向きな言葉を捻出《ねんしゅつ》することだった。詩織たちに相談してみたが、当然のごとく、『かよなら大丈夫だよ』と笑顔で言われるだけ。最終的にはインターネットという文明を味方につけ、どうにか作業を終えることが出来た。

真っ白な小さい紙に黒い油性ペンで文字が書かれた、シンプルなクジ。叶ちゃんとクッキーを作っていたときはあんなに楽しくてわくわくしていたのに、ひとりではただの作業にしか思えなくなっていた。

叶ちゃんに会いたい。喫茶マーヌルに行きたい。だけどそれはもう、叶わぬ夢だ。わたしが自分で、あの扉を閉じたのだ。


「町田、ちょっといいか」

その翌日、廊下を掃除していると隣のクラスの担任から声をかけられた。こうして個人的に話しかけられるなんて珍しい。

先生はわたしを廊下の端に呼ぶと、「最近、川谷と連絡取れてるか?」と聞いてきた。久しぶりに聞く叶ちゃんの名前に、どくんと心臓が大きく揺れる。

「このところ、川谷が欠席しててな。親御さんに連絡はしているんだが、『大丈夫ですよ』って呑気なもんで」

「え……」

「一匹狼の川谷だけど、町田とは気が合うようだったから」

「……わたし、叶ちゃんの家に行ってみます」

「ああ頼むよ――……って町田!?」

先生の声を背に、わたしは学校を飛び出していた。


――チリンチリン。

「おや、かよさんこんにちは」

懐かしい匂いに包まれ、泣いてしまいそうになる。喫茶マーヌルは今日も、いつも通り営業中だ。

「叶ちゃんは無事なんですか!?」

カウンターから身を乗り出すようにすると、川谷さんは目を丸く開いたあと、ゆっくりとそれを細めた。

「風邪をこじらせましてね。もう熱は下がりましたし、明日の文化祭には行けると思います。今はまだ寝てますが」

「よ……良かった……」

へなへな、と力が抜けて、崩れるようにその場へ座り込んでしまう。そこで荷物も持たずに来てしまったことに気が付いた。無我夢中だったのだ。叶ちゃんの身に何かあったのではないかという不安と恐怖が、わたしをここまで走らせた。

叶ちゃんが無事で、本当によかった――。

ストッとマヌルさんが、わたしの横に舞い降りた。どうやらカウンター席に座っていたらしい。

「お嬢ちゃん。占い師ってのはね、他人の生霊《いきりょう》を憑依《ひょうい》させることも出来るワケ。特に相手が眠っていれば好都合。ほらいい？　見てなさいよ？」

ふぅーっと長い深呼吸をしたマヌルさんは目を閉じると「マヌマヌマヌマヌ～……」と呪文のようなものを唱え、それからゆっくりと瞼を開けた。

「わたし、川谷叶。喫茶マーヌルの店長をする父、それから店のオーナーでもある超天才かつ宇宙一素晴らしいマヌルネコのマヌルさんと暮らしている高校二年生」

憑依……なのか？　これは。

叶ちゃんが憑依しているというマヌルさんは、時折目をぱちぱちとさせながら自分語りを進めていく。

「ずっとひとりの方が気楽だった。違う意見を言ったから仲間外れとか、見方がずれているからあっち行けとか、イメージと違うから失望したとか、そんなの本当ばかばかしい。偽物だらけの友情なんて必要ない。って思ってたんだけどね。ひとりの女の子が、わたしの前に現れた」

そこでマヌルさんは、右前足を胸の前に置き、足を半歩出して斜め上を見上げた。まるで、ひとり舞台を見ている気分だ。

「周りにいつも気を遣って、空気を読むことに長けている彼女のことを、最初は理解出来なかった。だけどいつの間にか、一緒にいるのが当たり前になっていた。ひとりで過ごす放課後が、退屈だと思うようになってしまった」

知らぬうち、わたしの目には薄い膜が張られていた。浮かぶのは、叶ちゃんと過ごしてきた日々たち。そしてわたしが一方的に彼女を避けてからの日々。叶ちゃんは一体どんな思いで、わたしが突然連絡を断ったことを受け止めていたのだろう。

「ねえ、かよ」

まっすぐに、叶ちゃんがマヌルさんを通してわたしを見つめる。

「かよと出会えて、本当によかったよ」

その瞬間、わたしの目からは涙がいくつも零れ落ちた。

ごめんね叶ちゃん。わたしずっと、自分のことばっかりだったよ。たくさん助けてもらったのに。いつだって味方でいてくれたのに。

「ごめん、ごめんね叶ちゃん……」

手の甲で幾度も涙をぬぐうわたしの頭を、マヌルさんの大きな尻尾がポンポンと優しく叩く。

「占いに来た人にはお土産をあげてるの」

元に戻ったマヌルさんは、カウンターの上に置いてあったお菓子の缶を引き寄せ、中から長細い筒状のクッキーを取り出した。何やらごそごそと手を動かすと、そのひとつをわたしに手渡す。

「あんたにはこれ。お守り代わりよ」


その晩、わたしは完成させていたクジをまるごとゴミ箱へ捨てた。それからもう一度紙を枚数分カットして、色鉛筆の蓋を開いた。

そこでふと思い出し、制服のポケットから袋に入ったお菓子を取り出した。

「あれ、テープ?」

マヌルさんがくれたそれは、袋の上部がテープで留められている。どうやらあのとき、一度開封したらしい。ぺりぺりとテープを剝がし、クッキーを取り出したところで気が付いた。中に、細く折り畳まれた紙が入っていたのだ。簡易版フォーチュンクッキーといったところだろうか。

破かないように気を付けながら広げると、そこには学校の先生もびっくりするほどの綺麗な文字が並んでいた。

∞《む》大吉《げん》

ぷっと思わず吹き出してしまう。なんともマヌルさんらしいフォーチュンクッキーだ。わたしも負けてはいられない。

「よし、やるぞ」

カットした紙の端、マヌルネコのキャラクターを描いていく。頭の上には、紫のベールと金の輪を忘れずに。手には怪しく輝く水晶玉。その横に、吹き出しで『きみと出会えてよかった！』と書いてみる。

叶ちゃんが好きだと言ってくれた、わたしの絵。川谷さんとマヌルさんが褒めてくれた、わたしの絵。幼稚だとばかにされ、夢見がちだと笑われたこの世界は、それでもずっと、わたしの心を癒してあたためてくれていた。

いいじゃないか、堂々としていれば。それにもしかしたら——。

わたしは、信じてみたくなったんだ。本当の自分を隠し、周りに合わせることしか考えていなかった自分でも、絵を通して誰かの心をあたたかくすることが出来るのかもしれない、って。

『たくさん食べて、たくさん寝て、たくさん笑おう！』

『毎日がスペシャルデーになりますように』

『夢に向かって突き進もう！』

『出会ってくれてありがとう』

ペンを走らせ、色鉛筆でマヌルネコを描いていく。いろんな表情のマヌルネコを描くたびに、マヌルさんの『もっと美人に描きなさいよ』というセリフが聞こえる気がして、小さく笑いながら無我夢中で手を動かす。

きっともう、わたしは大丈夫だ。誰かに絵を笑われても。詩織たちと、これまでと同じように過ごせなくなったとしても。本当に大事にしたいこと、大事にしたい想いを見つけたから。

このフォーチュンクッキーで、みんなが笑顔になりますように。願わくは、叶ちゃんも。

空が白み始めた頃、わたしはやっとベッドへ潜り込んだのだった。


文化祭当日、二年三組のカフェは大盛況だった。

パステルピンクと白を基調とした教室内は本物のカフェみたいと評判になり、女子たちはこぞって写真を撮り合っていた。

そしてフォーチュンクッキーも――。

「見て、かわいい！　『ご縁に感謝』だって～占い師ネコが両手を合わせてる～！」

「わたしのはこれ！　『ずっと笑顔で過ごしてね』って、占い師ネコがニコニコしてる」

「このクッキーもすっごくおいしい！」

カフェの中、フォーチュンクッキーのクジを見せ合う人たちの笑顔が溢れていた。

どうやらＳＮＳに投稿してくれた人たちがいたようで、次々とお客さんが教室内へと流れてくる。しかし、わたしが待っている人はなかなか来てはくれない。

叶ちゃんは、ちゃんと学校に来ているだろうか。昨夜連絡は入れておいたが、まだ返事は届いていない。

「クッキー、三つください」

「ありがとうございます！　好きなのを選んでください」

着々と売れていくフォーチュンクッキーに、わたしは嬉しくなってしまう。自分が作ったものがこうして人の手に渡っていく。そして笑顔になってくれる。それがこんなに幸せな気持ちにさせてくれるなんて思いもしなかった。

「えっ、ネコ!?」

誰かの声に、店内がざわっと揺れる。なんと入口から大きなずんぐりとしたネコがカフェの中へと入ってきたのだ。

「マヌルさ——!?」

思わず大きな声が出そうになり、わたしは慌てて自分の口を両手で塞ぐ。マヌルさんはいつもの二足歩行ではない、本物のネコのような四足歩行で進むと、フォトスポットとなっている一番おしゃれな席にぴょんと上り、すまし顔で「ナァーン」と鳴いた。

「かわいい～!」

「迷い込んだのかな!? 写真写真!」

わたしはあんぐりと、口を開けてしまう。マヌルさんは普通のネコのふりをして、文化祭へとやって来たのだ。そして思うがままに注目を一身に浴びている。つんとすまし、ポーズらしきものをしていくマヌルさん。わたしと目が合うと、マヌルさんはぱちりと一瞬ウインクをして見せるのだから、呆れを通り越して笑ってしまう。

本当に、マヌルさんってどこまでもマヌルさんだ。

「行くに決まってんでしょ、って言いながら来たよ」

声の方に目をやると、叶ちゃんが立っていた。

会いたいと願いながらも本人が目の前に現れると、緊張感が襲ってくる。叶ちゃんはわたしを許してくれるだろうか。きちんと想いを受け取ってもらえるだろうか。

無意識に手を入れたエプロンのポケットの中、指先にあるものが触れた。それは、マヌルさんがくれたおみくじ。

――大丈夫。だってわたしは〝∞大吉〟なんだから。

すう、と深呼吸をすると、後ろの棚からラッピングしたフォーチュンクッキーを取り出した。

「これ、叶ちゃんに」

本当は、伝えたいことはたくさんあった。

自分勝手でごめんね。体調はもう大丈夫？　いつも本当にありがとう。

その全てを、このフォーチュンクッキーに詰め込んだ。

叶ちゃんは黙ってそれを受け取ると、その場で包みを解く。叶ちゃん用に作った、特別なフォーチュンクッキー。ピスタチオグリーンのカラーを入れて、他のものの二倍の大きさで作った。中に入れる紙が、大きくなってしまったから。

パキッとクッキーをふたつに割る叶ちゃん。そして中に入っていた紙をそっと広げた。緊張で心臓がドキドキ騒ぐ。ちゃんと届くかな。どう思うかな。

「……ふっ」

数秒間、広げた紙を見つめた叶ちゃんは、口元を緩めるとこちらへとそれを向けた。

紫色のベールと金の輪を頭に乗せたマヌルさん、川谷さん、叶ちゃん、そしてわたしが戦隊ヒーローよろしく、決め顔で並んでいる。マヌルさんは卓上おみくじ器、川谷さんは水晶、叶ちゃんはタロットカード、わたしは筮竹《ぜいちく》と、それぞれが占いの道具を手にしている。その上には『ありがとう』という、五文字の言葉。

叶ちゃんはまっすぐにわたしを見つめると、迷いなく口を開いた。

「わたしからも、〝ありがとう〟」

教室の中央から「ナァ〜〜ォ！」という、主張するような大きな鳴き声が聞こえてくる。それはわたしの耳に、こんな風に聞こえたんだ。

『ほらね、あたしの占い通り』――って。

ホンモノ占い師

「ああ、なんか未練があるのね。でもね、申し訳ないけどわたしにはどうもしてあげられない。そう、視《み》えちゃうの、視えちゃうんだけどね。知ってるかもしれないけど、わたしはれっきとした占い師で、霊媒師ではないのよ。だから、ほら、早いとこ成仏した方がいいって」

依頼主のもとからの帰り道だった。下町の商店街の路地で、ネコの霊と目が合ってしまったのは。どっしりとした、丸みのあるフォルム。茶色と灰色が混じったような色の、もっふもふの長い毛。黄金色の瞳を細めたネコは、仁王立ちに腕組みをしたまま不機嫌そうにわたしの前に立っている。

「あんた、人を勝手に化け猫にすんじゃないわよ」

動物が霊になると人間の言葉をしゃべるようになるというのは、初めてのことではない。このネコも、自分が死んだことを受け入れられず、成仏出来ない恨みつらみを聞いてほしくて話すようになったのだろう。

「分かってる、そのつもりはないんでしょ？　でもね、本当申し訳ないけれど、わたしに頼られても無理だから。早く成仏出来ますように」

「あんた、本当なんなの？　阿呆なの？」

「南無阿弥陀仏《なむあみだぶつ》」

両手を合わせ一礼をしたわたしは、くるりと向きを変えてその路地を後にした。

後ろでは「生きてんだっつうの！」というどすの利いた声が響いていた。


妙蓮寺《みょうれんじ》雛菊《ひなぎく》、だなんて。名乗れば必ず『なんて？』と聞き返されてしまう。妙蓮寺という苗字だけでもなかなかのインパクトなのに、なぜ両親は、それを増大させてしまうような名前を付けたのだろうか。

「ああ、疲れた……」

電車の中、窓の外を見つめながら知らず知らずため息が落ちる。鑑定をしたあとは、いつもどっと疲れが出る。体中のエネルギーが吸い取られていってしまうような感覚だ。

他人の未来、守護霊、その人の前世、ひいては霊の姿などが視える。そのことが普通ではないということに気付いたのは、小学校高学年になった頃だった。

「頭の上にいるおじいちゃんが、もっと早起きしろって言ってるよ」

「この間死んじゃったモルモットが、教室に遊びに来てる」

「変な霊がついてるから、気を付けてね」

視えることを、そのまま言葉にしていた。そんなわたしを周りは徐々に気味悪がり、奇妙と妙蓮寺を掛け合わせ『キミョウレンジ』という呼び名をつけ、敬遠するようになった。

妙蓮寺家には度々、〝そういう力〟を持つ人間が生まれるらしい。そのことを両親が教えてくれたのは、知り合いのいない私立高校への入学が決まったとき。その頃にはわたしはもう、自分の能力を隠すことが平穏な日常生活には不可欠だと学んでいた。

そんなわたしが、今では占いを生業にしている。独特な苗字を嫌悪したことから、姓は〝佐藤《さとう》〟、雛菊という渋すぎる名前を払拭したく、名は百合の花からとって〝リリー〟。佐藤リリーというのが、わたしの占い師としての源氏名だ。

幼い頃は不気味がられたこの能力も、自分と周りが大人になれば、稀有《けう》で貴重なものと捉えられることが増えた。有名な先生の弟子につき、独立した直後はテレビや雑誌の仕事なども舞い込んできていた。誰もが知っているというほどではないけれど、その界隈ではある程度名の知れた占い師になった。『的確すぎて怖い』というのが、佐藤リリーについたキャッチコピーだった。

最近ではおしゃれさや親しみやすさ、前向きなコメントを売りにした占いが流行っているため、以前のような若者向けメディアの仕事は入ってこないが、別に悲観はしていない。流行とはいつか廃れるもの。最後に求められるのはいつだって、本物なのだから。

ボコボコボコッと、大きな気泡が腰のあたりを刺激する。思わず「ふぁーっ」という息が漏れると、隣にいたおばさんも同じような声を上げていた。

近所にあるスーパー銭湯は、内湯と露天あわせて五種類のお風呂がある。サウナも完備されていて、いつも常連たちを中心に賑わっている。

風呂無し物件に住むわたしにとってここは、自宅の湯舟同然だ。一時間三百円という特別価格も気に入っている。さっと洗って湯舟に浸かる。体を拭いて短い髪をドライヤーで乾かすには、一時間あれば十分だ。

「極楽。至極極楽」

こんな言葉、本当に口から出るものだろうかと思っていたが、自分がここへ通うようになってからはこれ以上しっくりくる言葉はないと思っている。

今日は、有閑《ゆうかん》マダムたちのお茶会に招待された。六人のマダムたちはスピリチュアルなことに興味津々といった様子だった。雑談の中で『わたしの前世はなあに？』や『娘の結婚相手は視えるかしら？』などといった質問を次々としてきて、わたしはそれらに丁寧に答えていった。もちろん、マダムたちがどれほど本気で、わたしの言葉を信じていたかは分からない。良いことは信じ、悪いことは信じない。多くの人々がこのスタンスで占いと向き合っていることに、占い師を名乗り始めた頃、わたしは気付いた。

人間は、目に見えないものに対して懐疑的だ。その反面、目に見えないものに惹かれるという部分も持ち合わせている。一見矛盾するようなそれは、常に背中合わせにあるとわたしは思っている。

隣でわたしと同じように腰に気泡を当てているおばさん。頭のタオルの上には、オカメインコがちょこんと乗っている。そのインコが小首を傾げこちらを見たから、わたしは小声で話しかける。

「こんなとこまでついてきちゃって」

ボコボコボコ。気泡の音で、それはおばさんには聞こえていない。

「たくさん愛された証拠ね」

わたしがそう続けると、オカメインコは口をぱかっと開けて「ダイスキ」と言った。わたしは口元の力をふっと抜くと、ざばりと腰かけ湯から立ち上がった。

『四十三歳のお誕生日おめでとう！』

アパートの部屋に入った瞬間、姉からの着信が入った。姉のやたらとテンションの高い声に、今日が誕生日だったことを思い出す。別にもう、めでたくもなんともないけれど。

『仕事は順調なの？』

「今日は富裕層の奥様たちからの鑑定依頼で出張してきたの。雑誌で連載してた頃からの、わたしのファンだって」

後半部分は、多少の脚色が入っているけど、まあきっと、多分そうだろう。

スマホをスピーカーにし、パソコンを立ち上げる。冷蔵庫から出したビールのプルタブを引くと、一息に喉へと流し込んだ。

SNSを開き、佐藤リリーの名前を検索欄に打ち込む。もしかしたら今日のマダムたちが口コミを書いているかもしれない。しかし、どこぞのシャンソン歌手を賛美する投稿があるだけで、わたしのことを書いたものはヒットしなかった。

『占い師の仕事も大変でしょ。いつだって帰ってきていいんだからね』

気を抜いていると視えてしまうことはあるけれど、普段は意識的に能力をコントロールしている。他人のプライバシーに関わることだし、何よりも体力と精神力を削られるから。

「お姉ちゃん、言っておくけどね。わたしは本物なの。特別な能力を持って生まれて、わたしのことを必要としている人たちがいるの」

選ばれた人間には、それぞれに使命がある。

並外れた野球の能力を持った人は、世界的な野球プレイヤーになって大活躍するし、超人じみた演技力を持った人は、どこでも通用する大スターとなって海外でも俳優として名を残す。霊視の能力を持つわたしには、この力をもって多くの人々を導く役割があるのだ。

「これでも売れっ子なんだから、そんな心配しないでよ」

『ああ、そうだったわねえ』

お姉ちゃんはいつだって、わたしの話をちゃんとは聞いていない。まあお互い様なのかもしれないけれど。

『そういえばハガキが届いてたわよ』

「ハガキ？」

自慢ではないが、〝キミョウレンジ〟だったわたしには、友達がいない。誰かからハガキが来るだなんて、思い当たる節がない。しかし姉は『同窓会だって』と、付け加えた。

『返信するように書いてあるから、今度荷物と一緒に送るわ』

「――分かった。今日はもう寝るわ、明日も早いから」

通話を終了し、残っていた缶ビールを一気に呷る。炭酸がずいぶんと抜けてしまったビールは、苦みばかりを喉の奥に擦り付けていく。

「行くわけないでしょ、同窓会なんて」

そう吐き捨て、もう一度缶ビールをぐいっと呷る。一滴も入っていないことに気付いたわたしは、ため息と共にそれをゴミ箱へと投げ入れた。

🐾

人気のコラムサイトには、毎週更新される占いコーナーがある。恋愛に特化したものや仕事に特化したものなど、種類も様々だ。三年前までは、わたしもそのサイトに占いの記事を寄稿していて、毎週トップのアクセス数を誇っていた。

「ああ、もうこんな時間」

そんな人気占い師であるわたしは、副業の内職にいそしんでいる最中。入力データの打ち込みの仕事で、一文字一円。完全在宅、自分の好きなタイミングで好きなだけ働ける、出来高制バイトだ。

こぢんまりとはしているが、清潔感のあるビルの一室。事務所兼占いサロンであるこの部屋は、カーテンに壁に天井と、白で統一されている。占いというと、薄暗く怪しげな雰囲気が漂う場所をイメージするかもしれないが、実際にはこのようにシンプルな場所を構えている占い師も少なくない。特にわたしのように霊視で占いをしているタイプは、雑多なものがない空間の方が視えやすい。

しかし実際のところ、この部屋が本来の役割を果たす日はここ数年ほとんどない。先日のように出張鑑定をする場合もあるし、前述した通り、今の流行はおしゃれで親しみやすい占いばかり。わたしのような本格的な霊視占いは、敷居が高いと感じる人も多いのだろう。しかし依頼者がいつこのドアを叩いてくるか分からない。だからこそわたしは、この場所で出来る副業を抱えているというわけである。

自宅とサロン、二軒分の家賃を支払っていくのはそうたやすいことではない。依頼が殺到していた数年前のように収入が潤沢なわけではないので、自宅も風呂無しアパートに引っ越しをし、こうして副業を収入の足しにしているというのが現状だ。妙蓮寺雛菊としての私生活より、佐藤リリーとしての占い師生活を優先するのは当然のことだ。まさかこんなこと、姉には絶対に言えないけれど。

凝り固まった肩甲骨《けんこうこつ》をぐるぐると回し、前後左右に首を倒す。親指でこめかみあたりをマッサージすると、少しだけ頭がすっきりとする。

サロンと自宅は、自転車で十五分ほどの距離だ。スーパー銭湯はその中間にあるため、仕事の帰りに寄って帰宅するというのが日課だった。今日から月替わりの風呂が生姜湯になると、受付の人が言っていた。夜になると冷え込むから、体の芯からあたためるのにちょうどいい。

ところが――。

「リニューアル工事……？」

入口を封じるかのようにぴたりと貼られた紙を前に、わたしは立ち尽くした。

ボイラーが突然壊れ、これを機にリニューアル工事をすることが決まったようだ。柄にもなく、頭を抱えてしまいたくなる。そのとき、用紙の下の部分に何かが書いてあるのが見えた。

〝近隣の公衆浴場のご案内〟

わたしのような銭湯難民への配慮だろうか。ここから比較的近い銭湯の住所が何軒か書かれている。

「一番近いのは、この間の商店街か」

化け猫と鉢合わせした、隣町の商店街。古き良き商店街だったので、銭湯があっても不思議な感じはしない。先日は電車だったけれど、直線距離にすれば自転車でも十分ほどで到着出来そうだ。

髪の毛を耳にかける。キィッとペダルを漕ぐ音が、秋の夜空の下に響き渡った。

見覚えのある路地を抜けた先にあったのは、昔ながらの大衆浴場。のれんをくぐって下駄箱に靴を入れ、木で出来た鍵を抜く。番頭さんに三百円を払い（ここでは何時間入っていても一律三百円とのこと）、ひらけた脱衣所でカゴに脱いだ服たちを入れていく。

昔ながらの緑色の扇風機。横長の鏡とタイルの洗面台。体重計も期待を裏切らず、丸ガラスの奥の針がぐるりと回るアナログタイプ。人はほとんどおらず、カラカラと引き戸を開けて浴室へと入った。

「ザ・銭湯って感じね」

高い天井には、もくもくと湯気が昇る。男湯と女湯は壁で仕切られてはいるものの、天井と仕切り壁の間には隙間が開いている。壁画はもちろん、堂々とそびえたつ富士山《ふじさん》だ。

黄色の洗面器を使って頭と体を洗い、そそくさと湯舟に向かう。生姜湯なんて洒落たものはない、まっさらなお湯。だけどそれが、心をわくわくさせる。

ひたりひたりと冷たいタイルが、足の裏に心地よい。誰もいない湯舟に、体を沈める贅沢感と多幸感。温度が管理し尽くされているスーパー銭湯にはない、予測不能なお湯の温度。

「あっつ～……」

熱い。じんわりびりびり、皮膚の表面から中へと熱が伝わっていく。それがとても心地よくて、長い息が漏れる。

「この熱さがいいのよねえー……」

もくもく白い湯気の中、隣でまったりとした声が揺れる。どうやら先客がいたらしい。銭湯というのは不思議なもので、初対面でもこうしてなんとなくの会話を交わしてしまうことがある。後も先もない、思惑も意味さえもない、他愛ないやりとりが。

「完全なる同意です、中から熱され浄化されていくというか」

「あんた、話分かるわねえ」

「そういうあなたこそ――」

もくもくもく。湯気が少し落ち着いていく。そこでわたしは、はた、と言葉を止めた。

「あら、またあんた？　なんたる奇遇」

ふてぶてしい因縁の化け猫が、湯舟に肩までとっぷりと浸かっていた。頭に紫色のシャンプーハットを乗せたまま。

驚くことに、化け猫は霊や妖怪の類ではなく、正真正銘のネコだった。言語を操り、まるで人間のように行動するという点を除けば。

「ネコっていっても普通じゃないのよ」

人間のようにタオルを横長に持ち、背中をシャッシャと拭くネコ。そりゃそうだろう、普通のネコはそんな風に自分の体をタオルで拭いたりしない。

「あたしはね、由緒正しいマヌルネコなの」

——は？

そこからネコは、マヌルネコがどれだけ歴史があって貴重な存在かということを滔々と語り続け、わたしは無言でそれを右耳から左耳へと流し続けた。

そこじゃない。そこじゃないだろマヌルネコ。

そう思いながらも、口には出さない。多分このネコに何を言っても、通じない気がしたからだ。しかしそんな中、聞き流せない言葉が出てきた。

「あたし、占い師やってんのよ。キャッフェに来たお客さんにサービスでね」

カフェの部分がやたら気取った発音になっているのも気になるが、それ以上に聞き捨てならないのは〝ネコが占いをサービスでしている〟という部分だ。

洋服を着たわたしに、ネコは「こっち」と言いながら洗面台へと向かい、ドライヤーのスイッチを入れた。合わせるわけではないが、わたしも洗面台へと向かい、もうひとつのドライヤーを手に取った。

ブオオオオオ。

年季の入ったドライヤーは、音はすごいが風量は大したことない。ネコは全身毛だらけのくせに、なぜか頭だけ乾かしている。

「占い師って、あなたが？　本当に？」

「嘘なんかついてどうすんのよ。ネコが占いしちゃいけないっての？」

「そうじゃないけど……。サービスって、無料ってこと？」

「そうよ」

「なんで」

「なんで、ってあんた。カネが絡むと責任が発生するからよ」

「責任って……。それはそうでしょ、その人の人生に関わることなんだから」

気付けばわたしはむきになって反論していた。大きな鏡越しにネコは顔の毛を揺らしながら、わたしをじっと見つめている。

「あんた」

「……な、なによ」

ずい、とネコが鼻と鼻が触れる距離まで顔を近づけてきた。ひくひくとヒゲが動く。動物独特の湿った鼻先に視点が集中し、眼球にぐわんと鈍い違和感を感じたとき。憐れむような目で、ネコが言った。

「ちょっと疲れてんじゃないの？」

銭湯から徒歩五分ほどの場所に、ネコの言う〝キャッフェ〟はあった。

「なんでここに連れてきたの」

「あんた、あたしを化け猫だって勘違いするくらいには疲れてるからねえ。甘いモンでも飲んだらいいんじゃないかと思って」

半ば強制的にネコに連れて来られたのは、昔ながらの喫茶店だった。入口の立て看板には〝喫茶マーヌル〟と書いてあったが、多分あれは〝マーブル〟だったものを、無理やり変更したのだろう。その胡散臭さに顔をしかめたが、ドアの向こうは落ち着いた綺麗な空間が広がっていた。

アンティーク調の木製家具で統一された店内には、どこかノスタルジーを感じさせる空気が流れている。コーヒーと紅茶の香りが融合して、複雑な、だけど落ち着く香りを作り出していた。どこを見ても埃ひとつ落ちていない。カウンター内にいる川谷と名乗った店長が、暇さえあればいたるところを磨き上げているのかもしれない。見た感じとても温厚そうだが、几帳面そうでもある。彼の背面にきっちりと並んでいる缶が、その証拠だ。並べ方はもちろん、茶葉やコーヒー豆の名前が書かれたラベルの位置まで、ぴっちりと揃っている。「佐藤リリーです」と名乗ったけれど、川谷氏は占いに興味はないのか、わたしのことを知らないようだった。

「あれ、あなたがまったりする所なんでしょ」

カウンターの中央に座らされたわたしは、木の幹のようなものが数本組み合わされた置物を指差した。いわゆる、キャットタワーというものだろう。わたしの隣に座ったネコは、顔の前に短い前足を出すと、にょきりと鋭い爪を出してみせた。

「研ぐのに丁度いいんだわ、あの流木が。あとね、香りも大事よ。檜《ひのき》なんかはいいけど、欅《けやき》は最悪。ネコになってみて初めて自分が欅の匂いが苦手なんだって気付いたわ」

思いきり顔をしかめるネコの言葉に、やはり彼女は元からネコだったわけではないのだと思い知る。占い師は、相手の言葉や表情からも様々な情報を収集している。それらを統合し、最終的に占いの結果とすり合わせてメッセージを伝えるのだ。

しかしこのネコは、そんなことも知らないのだろう。だからなんの警戒もなく、こんな話が出来るのだ。

「それにしても、カフェっていうより喫茶店じゃないのよ」

こう言うのは悔しいけれど、ここはここで素敵な場所だ。だけど、カフェという雰囲気ではない。若い子たちに人気のおしゃれな店、というような表現をしていたネコに不満をぶつけると、コーヒー豆を挽いていた川谷氏が「そうですね」と口を開いた。

「おっしゃる通りカフェと喫茶店というのは営業許可の種類から異なります。双方は提供出来るメニューや整えるべき設備に違いがあり、喫茶店の営業には喫茶店営業許可、カフェの営業には飲食店営業許可が必要でした。しかし令和三年六月以降、このふたつは統合されたのです。つまり当店はカフェではない、と断言することは出来ないかと」

一瞬、そういう類の何かが川谷氏には憑いているのではないかと疑ってしまったが、どうもそういうわけではなさそうだ。多分、この人はこういう人なのだ。実際、ここへ連れてきたネコだって、「ハイハイ」みたいな感じで全然話を聞いていない。

「わ〜、ウケ〜。マヌルさん、かよちんのカフェ気に入ったんだ。文化祭、誰よりも楽しんでたもんね」

突然会話に参加してきたのは、カウンターの端に座っている女子高生。もう夜の九時も回ったというのに、制服姿のままホットサンドをかじっている。

「先日、娘の文化祭に行ったんですよ。そのときの出し物のカフェを、いたく気に入ったようで」

説明する川谷氏に、女子高生は彼の娘なのだと知る。名前は叶ちゃんというらしい。なかなかに洒落た名前だ。この上が居住スペースになっていて、川谷親子はそこに住んでいるのかもしれない。ネコも一緒なのだろうか。ということは、この三人は家族……？

「相沢、ブラッシングするならゴミ箱の上でやれといつも言っているんだが」

「小姑め」

椅子に座りながら、ぼてっとした尻尾を前足の爪で梳《と》かすネコ。

相沢、と呼んだ。ということは、家族関係でもなさそうだ。

本当は、視ようと思えば視ることは出来る。川谷氏も、女子高生も、得体の知れないこのネコの真実も。だけど、勝手にそんなことはしない。わたしはこの能力にプライドを持っている。然るべきとき、然るべき相手に、この能力を使うのだ。

「ところで、あんた何飲むワケ？」

突如、ネコが顔を上げる。ブラッシング中の尻尾は、ぱたぱたと先端だけが動いている。その部分だけが、別の生き物みたいだ。

「そうね……」

川谷氏の後ろにある、缶のラベルたちに目を走らせる。銭湯であたたまったから、喉も渇いている。それに、こだわりの強そうな川谷氏が選んだものを味わってみたい気持ちもある。

少し考えたのち、やっぱりこれしかないだろうと息を吐いた。

「コーヒー牛乳」

「コーヒー牛乳」

ネコとわたしの声が、ぴたりと重なり店内に響く。

「何？　親友なの？」という女子高生の言葉に「断じて違う！」と返した言葉もハモってしまい、わたしたちは同時に天井を仰いだのだった。

数時間後、なぜかネコとわたしはウォッカを酌み交わしていた。

「ええ〜あんたも占い師やってるってえ〜？」

「佐藤リリーって言ったら、占い界隈なら有名でしょうよお！　あなた、インチキ占い師なんじゃないの〜？　わたしはね、特別な能力を授かってるんだからあ〜」

「ぶひゃっひゃひゃ！　大先生だ、大先生！」

「茶化すんじゃないわよう。でも今は、占いはエンターテインメントみたいになってるでしょ〜。ネットで気軽に〜とかなったせいで、うちみたいな本当の占いまでたどり着かなくなってんのよねえ」

誰かとお酒を飲むなんて、一体何年ぶりだろうか。相手が正体不明のネコ、それでいて同業という非現実的な要素も重なり、わたしは饒舌になっていた。普段ならば絶対に口にしないような愚痴まで零れてしまう。依頼が来ないと言っているも同然なのだが、酒の席だし、相手は酔っぱらったネコだし、まあいいか。

ネコは「大変ねえ〜」と他人事のように言いながら、くいっとグラスを傾けた。カランコロンと氷が躍る。

「あたしンとこは、ホラ、占いはサービスだからさぁ。ふらふらぁってやって来てえ、茶ァしばいてえ、その流れで占いしてぇ〜ってねえ」

へらへらと笑うネコに、むかぁっとしたものが一気に込み上げてくる。

そりゃあネコの場合は、そうでしょうよ。喫茶店のコーヒーついでに無料で占いがついてくるってわけなんだから。人間は、タダって言葉に弱いのだ。ネットにしたってなんにしたって――いや待てよ？　そもそも、わたしのようなちゃんとした占い師に依頼がなかなか来ないのは、こういう軽い気持ちの無料占いが蔓延《はびこ》っているのが原因なのでは？

「そうよ、そうだわぁ……。ちょっとネコ、こちとら商売あがったりよ……」

ふらぁ、と立ち上がると、足元がよたついた。カウンターに右手をつき、どうにか上体を起こす。

「決闘よぉ！　どっちがホンモノの占い師なのか、白黒つけようじゃないのっ！」

かくして、胡散臭いマヌルネコ占い師と霊視能力を持つ占い師の対決の幕は切って落とされたのだった。


二日酔いだなんて、自分には縁のないことだと思っていたのに。見事なまでの頭痛と気だるさにわたしは打ちひしがれていた。胃もたれもひどい。

「あのネコ……只者じゃない……」

重たい体を起こし、ペットボトルの水をごきゅごきゅと流し込む。それから床に置いた段ボールに視線をやった。

先ほどわたしが目を覚ましたのは、ぴんぽーんというチャイムの音がきっかけだった。姉からの荷物が届いたのだ。

封を切る気になれないのは、この二日酔いのせい。そして、きっと入っているであろう同窓会の案内を見るのが憂鬱だったからだ。

一度参加して以来、同窓会は全て欠席している。しかし数年に一度、こうして律儀にハガキが届く。その度にあのときのことを思い出しては、なんとも言い難い感情が胸を埋め尽くすのだ。メディアに出なくなって久しいわたしのことを、彼らがどんな目で見てくるのか。容易にそれが想像出来て、一瞬めまいが酷くなった。

枕元のスマホを見れば、時刻は午前十一時過ぎ。占い師になってからは、規則正しい生活を心がけてきた。朝の八時には自宅を出てサロンへ向かう日々を送っていたのに、あのネコと酒のせいでルーティンが崩れてしまった。

「あー、自転車……」

わたしの移動手段である自転車は、喫茶マーヌルの脇へ停めたまま。酔いに酔ったわたしがそれで帰ろうとしたところ、川谷氏から「自転車は軽車両です。酒気を帯びて車両を運転することは法律で禁じられており、また酒類を提供した当店にもその責任が伴います。よって云々かんぬん……」みたいなことを言われたので、仕方なしに置いたままタクシーで帰宅した。まずは自転車を取りに行かなければ。

窓の外は、いい天気。雨だったらそれを言い訳に出来たのに。ずるりとベッドを抜け出したわたしは、顔を洗うべく洗面所へと向かったのだった。


――チリンチリン。

軽快なはずの鈴の音が、こめかみの奥をズキズキと刺す。こんな些細な音まで不快に感じるなんて、酒とはなんと罪深い飲み物なのだろうか。

「いらっしゃいませ妙蓮寺さん。二日酔いは大丈夫ですか?」

喫茶マーヌルのカウンター内、昨日とまるで同じ服装、髪型、テンションの川谷氏に、わたしは大きなため息を吐き出す。

「佐藤リリーですってば……その名前はやめてください……」

昨夜、話の流れで本名を名乗ってしまったのが間違いだった。酒という飲み物は、こんな間違いをも誘発させるのだから、気を付けなければならない。

カウンターのハイチェアにどうにか腰を下ろし、額に手を当てる。朝よりはだいぶマシだが、まだ頭がガンガンする。

「ネコは……?」

指の隙間からキャットタワーなどを見るも、ネコの姿はない。川谷氏はわたしに濃くて熱い緑茶を淹れてくれる。どこからか小さな金の屏風や畳風のランチョンマットが現れ、BGMが琴の調べになっていたが、もはやつっこむ気力もない。

「相沢はまだ寝ています。昨日の酒飲み対決は、妙蓮寺さんに軍配が上がったようですね」

まったく嬉しくない。それに妙蓮寺じゃなくって佐藤リリーだってば。しかしそれを訂正する気にももうならなかった。

「マヌルさんでも二日酔いになるんだ」

かわいらしい声が聞こえ、初めて先客がいたことに気付いた。二十代くらいの、綺麗な女性がひとり。ふたり分のスペースの先で、サンドイッチを食べている。

「相沢は昔から、酒に呑まれるタイプです。絢末さんは決して真似しないように」

至極まじめな表情でそう答える川谷氏に、彼女がここの常連なのだと悟る。能力は使っていないけれど、彼女の纏うオーラは柔らかなピンク色で、幸せな日々を過ごしているのだろうことが見て取れた。

「これ、良かったらどうぞ。韓国《かんこく》ですごく人気のある二日酔い用のサプリなんです。怪しいものじゃないので」

絢末さんと呼ばれた彼女は、大手アパレルメーカーの本社勤務とのこと。この度、美容分野にも進出することになりその第一弾で、韓国の美容サプリを取り扱うことになったそうだ。

「……ありがとう」

パッケージもかわいいサプリを受け取ると、川谷氏が水の入ったグラスを置いてくれる。まるでルビーのような錠剤を取り出し、一気に水で流し込む。心なしか胸がスッとしていく気がした。プラシーボ効果だとは思うけれど。

「マヌルさんのお友達なんですか？」

屈託なく話しかけてくる絢末さんに「まさか！」と答え、自分の声でこめかみが痛んだ。

「なんだかマヌルさんと似た雰囲気がしたので」

「同業だからかしらね。まあ、向こうは自称占い師、だけど」

ため息と共にそう呟くと、絢未さんは「すごい！」と顔を輝かせる。もしかしたら、名乗ればわたしを知っているかもしれない。そう思ったが、今どきの雰囲気の彼女に聞くのはなんとなく躊躇《ためら》われた。

「わたしもマヌルさんの占いがきっかけで、自分を見直すことが出来て。マヌルさん、どんなものも欲しいって言ってくれるので、おかげで部屋が綺麗に——」

「絢未、いらんこと言わんでいーの。って、いててて……」

どこからか、こめかみを押さえながらネコが現れた。酒を飲んだせいでむくんだのか、昨日より二回りくらい大きく見えるし、二日酔いのせいかふてぶてしさも三倍増しだ。

ぼてっとわたしの隣に腰を下ろしたネコは、はあ、と大きなため息を吐き出す。

「んでさ、妙蓮寺。決闘いつにするワケよ」

わたしもネコも、どれだけ飲んでも記憶はしっかり保持するタイプみたいだ。

「叶がポスター作るって張り切ってましたよ」

なごやかに微笑む川谷氏。いや、自分の娘がわけの分からない決闘のポスターを作るのに乗り気で、問題はないのか？

「今日の放課後、かよさんに手伝ってもらって完成させると言っていました」

かよさんとは叶ちゃんのお友達で、絵が上手なのだそう。って、そうじゃない。そこじゃない。

「いやはや、腕が鳴りますな。当日はスペシャルドリンクを用意しなければ」

腕まくりをする川谷氏に、わたしは理解した。彼らにとってわたしが申し込んだ決闘は、恰好のイベントなのだ。確かに佐藤リリーという名前があれば、占い好きな人々は興味を示すだろう。客寄せパンダになるのは若干癪ではあるけれど、これをきっかけに再び依頼や仕事が増えるかもしれない。わたしにとっても悪い話ではないだろう。

「あたしはいつでも準備出来てるけど、あんたはどう？」

ネコの目が、きらりと光った。


決闘は、二週間後の日曜日の朝十時に決まった。喫茶マーヌル全面協力のもと、当日は完全貸し切りとなる。決闘の方法はこうだ。複数の依頼者を、わたしとネコが交互に占う。ネコは奥の個室で、わたしはテーブル席をパーテーションで囲った簡易スペースで。両方の占いを受けた依頼者は、より優れた占い師の名前を書いた紙を川谷氏に渡す。最後に川谷氏が集計をして結果発表という流れだ。

佐藤リリーの名前が持つ影響力は、やはりまだまだ健在だ。もちろん、叶ちゃんとお友達が作ったポスターや絢未さんの声かけも功を奏したのだろう。参加者の応募は殺到し、急遽抽選が行われるという事態まで起きた。飲み物代だけで佐藤リリーの占い（と胡散臭いネコの占い）が受けられるのだから、どう考えてもお得だ。イベント感により、参加しやすくなっているのもあるだろう。

ネコとはほぼ毎晩のように、銭湯で遭遇している。約束しているわけでもなければ、毎日時間が同じというわけではないにもかかわらず、化け猫のようにわたしの目の前に現れるネコ。戦うべき相手ではあるのだが、一糸纏わぬ姿でひとつの湯に浸かっていると、半分無意識のように身の上話をしてしまうのも事実のようで。

「――キミョウレンジって、またうまいこと考えたわねえ。小学生、あなどれんわねえ」

「ガラスのハートの十代には、なかなかきつかったわ。今だったら、笑い飛ばしてやれるのに」

「ヨッ、座布団五枚！って言ってやんのにねえ」

「ネコのくせに、ちょっとおもしろいじゃないの」

カポーン。男湯の方から、洗面器が転がる音がする。こんな姿で、こんな状況だからこそ、話せてしまうこともある。あくが強い割に実は無害なこのネコを前にすると、見栄のようなものが湯に溶けていくように感じるのだ。

「わたしね、占い師になってから一度だけ同窓会に行ったのよ。そしたら偶然、〝佐藤リリー〟を知ってる同級生がいてね」

彼女は興奮気味に「やっぱり妙蓮寺さんが佐藤リリーだったんだ！　似てると思ってた！」と声をかけてきた。それを見た他のクラスメイトたちが、なんだなんだと寄ってきたのだ。

「散々わたしのこと、キミョウレンジって馬鹿にしてたのにね。手のひら返したように、占いのこと聞いてきたりして。そのとき思ったのよ。結局人間って、自分の目じゃなく、世間の目で物事を判断するんだ、ってね」

彼らのうちの数人から、後日連絡があった。昔からのよしみで、無料で占いをしてほしいという内容。もちろん、返事もせずにメッセージは削除した。

「本当、人間って面倒よね」

わたしがため息をつくと、ネコは「そうねえ」と気持ちよさそうに目を線にして頷く。

「まあ、あなたにはそういうのは関係なさそうだけど」

「そりゃあまあ――」

ネコは目をゆっくり開けると、湯の気持ちよさに当てられたのか一瞬白目を剝いて、深く息を吐き出した。

「あたしは、マヌルネコだからねえ」

一瞬、羨ましいと思ってしまったのは、きっと何かの間違いだ。そうだ、そうに違いない。


その日は決闘にふさわしく、雲ひとつない快晴だった。

普段、占いをするときには白いシャツと黒いパンツというシンプルな出で立ちだ。これまでもわたしは、様々なタイプの占い師と出会ってきた。その中でもいわゆる〝インチキな占い師〟は大抵、揃いも揃って占い師然とした恰好をしていた。神秘的に見せることは、場合によっては必要なことだ。しかし、過度な装いはパフォーマンスと同じ。そんな反発心からか、あえてこの服装を選ぶようになった。

しかし、現れたマヌルネコは頭から紫色のベールをかぶり、金の輪で固定している、まさにわたしが一番眉をひそめる恰好で現れた。もちろん、本人はこれでもかというくらい胸を張っている。

「正々堂々いくわよ」

ネコがわたしに、ぎゅっと握った右前足を出してくる。

「望むところよ」

わたしは左手で拳を作り、ネコのそれにこつっと合わせた。


参加者は、老若男女にわたった。小学生の男の子から社会人（絢未ちゃんの後輩だという、これまたかわいらしい今どきの女の子もいた）、子育て世代にシニア層。ひとりあたり、占う時間はわずか十五分。あらかじめ占ってほしい内容や生年月日（霊視で占うわたしには不要だが、ネコの方は必要な場合もあるということだった）などの情報を紙に書いて、持参してもらっていた。

短い時間で依頼者へ端的に、的確な答えを伝える。たった一日でこれだけの人数を視るというのは初めてのことだった。一切手を抜かず、例えば『来週の遠足は晴れますか？』という天気予報を見れば分かるような相談事にも、能力を使って「残念ながら雨予報です」と、正確な情報を伝えていった。小学生の男の子は『天気予報は雨だけど、てるてる坊主次第ってマヌルさんは言ってたのに！』と不満げにしていたけれど、確定事項は変わらない。占うからにはきちんとやるのがわたしのポリシーだ。というか、ネコは当然のように天気予報を見たということだろうか。

「どうぞ、一息ついてください」

半数以上を占ったところで、川谷氏があたたかいミルクティーを持ってきてくれた。隙間時間がぽっと出来ると、一気に疲れが出そうになる。糖分不足なのを感じていたから、ありがたくそれをいただく。

すると、ネコの個室から「カッカッカッ！」という大きな笑い声が聞こえてきた。扉がうっすらと開いている。無意識に耳をすませてしまう。一体ネコは、どんな占いをしているのだろうか。

「獅子座は今年、破天荒な一年になるらしいわよ。大人しいあんたには、そんくらいでちょうどいいんじゃないの？」

今個室にいる参加者は、先ほどわたしが占いをした若い女性だ。自分に自信がなく、会社でも浮いている気がする。周りに迷惑をかけていることも自覚しているため、転職すべきか悩んでいるという相談内容だった。わたしの霊視による答えはノー。どこに行っても自分を変えなければ、同じことの繰り返し。その未来をそのまま伝えた。

「いいじゃないの、なんだってやっちゃえば。あたしなんて、人間やめてマヌルネコやってんのよ？　破天荒な一年なんだから、あんたも思いっきり暴れちゃいなさいよ」

信じられないくらいの無責任な言葉にも驚いたが、それ以上にびっくりしたのは、控えめながらもクスクスと笑う女性の声がそこに混じったからだ。

「あれは、おみくじ器ですねきっと」

同じように個室の方を見ていた川谷氏は、しれっとした表情でそう言った。

「お、おみくじ器……？」

「昔よく、ファミレスや喫茶店のテーブルにあったものです。百円を入れて、自分の星座のレバーを引くと運勢を書いた紙が出てくる」

「まさかあのネコ、そんなもので占って……!?」

わたしだって、おみくじ器がどんなものかくらいは知っている。エンターテインメントとして決して悪いものではないけれど、それを使う占い師が実在するなんて。プライドの欠片もないのだろうか。

「他にも色々とやってますけどね、どうも今日はおみくじ器一本でやってるようです。そんな気分なんでしょう」

——気分、って。

呆れが生まれ、同時に肩の力がふっと抜ける。なんだ、そういうことなのか。それならば、勝負をするまでもなかった。所詮は胡散臭いしゃべるネコが、サービスでやっている占いだ。つまりあのネコの占い自体が、おみくじ器と同じエンターテインメントでしかないのだ。

「あと少しですよね。全員分、きちんと的確に視させていただきますから」

本物の占いがどういうものか、きちんと証明してみせよう。それぞれの悩みに、的確に答えてみせよう。それこそが、占い師としてのプライドだ。

ミルクティーを飲み干したわたしに、川谷氏は「次の方をご案内しますね」と穏やかに言ったのだった。


——投票の結果、わたしは負けた。得体の知れないしゃべるネコの、いい加減すぎる占いに。


一体、どうやって家に帰ってきたのだろう。本当に何も覚えていない。気付けば布団で眠っていて、目が覚めたら四時四十四分という、なんとも不吉な時間だった。

「夢……？」

仰向けに倒れたまま、天井のシミを見つめそうぼやく。夢であってほしい。そう思ったものの、多くの人々を一気に視たことによる疲労感が、現実であることを物語っていた。

「じゃない、か……」

だけど不思議と、こうなることは分かっていたような気もする。本当は途中から、気付いていたのだ。参加者たちがわたしの占いを受けた後には難しい顔をし、ネコの占いの後には晴れ晴れとした表情をしていたことに。

的確であること。本物であること。それらは必ずしも求められているわけではない。それどころか人々は、適当であっても晴れやかな気持ちになれる人のもとへ集まるのだという事実を、わたしは思い知らされたのだ。

「ばかね、わたし」

ずっとずっと、占い師と言えば佐藤リリーと言われる日が来ると信じてきた。過ぎ去った、中途半端な成功体験に縋って、『いつかまたきっと』『もっともっと認められるに違いない』と。だってわたしの能力は本物だから。わたしは一流の占い師になるんだから――って。

「思い込み、強すぎじゃないの」

一流の占い師とは、占いの能力や技術が一流である人のことをいうわけではない。依頼者の心の声をきちんと聞いて、寄り添って、占いの結果を加味しながらメッセージを伝えることが出来る人が、自然と周りからそう称されるようになるのだ。

そんなことに、今更ながら気付くなんて。

――潮時。

そんな言葉が、お告げのように降ってきた。

この部屋にサロンを構えたのは、十五年ほど前になる。お世話になっていた先生の紹介だったのだが、陽の光が入るこの部屋が一目で気に入った。家賃は月十五万。もちろん別に、光熱費などもかかる。

当初は先生が色々と仕事を回してくれたことで名前が知れていったこともあり、毎日依頼が殺到していた。二時間ごとの枠はあっという間に埋まり、キャンセル待ちが出たこともある。その隙間でサイトや雑誌への記事を書き、疲れ果てて泊まり込むこともあった。まだ駆け出しだったから、とにかくがむしゃらに仕事をした。能力に甘えることなんて絶対にしたくなくて、占いにまつわる歴史や知識を身に着け、多くの人々を占い、経験を積んだ。

毎日が目まぐるしくて、忙しくて、いっぱいいっぱいで。だけど、すごく楽しかった。今思えばあの頃が、佐藤リリーとしてのピークだったのかもしれない。

「改めて見ると、占いサロンっぽくはなかったかもしれないわね」

シンプルな部屋を彩るのは、窓辺に置いた一輪の秋桜《コスモス》だけ。季節ごとに、部屋にたった一輪の花を飾るのがわたしは好きだった。お客さんの心に花をと思い、始めた習慣だったが、依頼が減ってからはわたし自身の心を癒してくれる存在だった。花を片付けるのは、最後にしよう。

わたしはひとつ息を吐き出すと、書類の整理から手を付けることにした。固定電話が数度鳴ったが、出るのはやめた。どうせまた、どこぞの会社からの営業電話に違いない。

なるべく感情が揺れぬよう、努めて冷静に作業を進める。これを機に、実家へ帰るのもいいだろう。何も無理に、この能力を使う必要はないのだ。実際に祖母だって、占いを生業にしていたわけではなかったじゃないか。

サロンを畳み、占い師を引退する。

そう決めたはずなのに、油断すると涙が滲んでしまいそうになる。もう潮時だと悟り、自分で納得したはずなのに。

「占ってほしいんだけど」

ふてぶてしい声に、ゆっくりと顔を上げる。

半開きになったドア。その向こうから、ネコがぬっと姿を現した。

どういう風の吹き回しか。我がサロンにあのネコがやって来た。確かに以前銭湯で話したとき、ここのことが話題にのぼった。だけどまさか、こうして訪ねてくるなんて思ってもいなかった。

「真っ白でいい部屋ね」

ネコは窓際の席に腰を下ろすと、ぐるりと部屋を見回した。

「あたしの小部屋とは正反対だわ」

喫茶店の奥にある個室は、ネコの占い専用部屋だと川谷氏から聞いていた。ついぞ見ることは叶わなかったが、なんとなくイメージはつく。きっと、占い然とした部屋なのだろう。

「あんた今、胡散臭い部屋想像したでしょ?」

瞳を細長くしたネコに、わたしはぎくりと肩を揺らす。まさかこのネコも、本当は視えるタイプだったりして。

「言っておくけど、とんでもなく洒落た部屋よ? モロッコで買い付けてきたタイルを壁に張ってんの。今度見せてあげるわ」

「モロッコ……? あなたが行ったの……?」

ネコは飛行機に乗ることは出来るのだろうか。いや、物理的には可能なんだろうけれど、わたしが聞きたいのはそういうことじゃなくって。

「もうずいぶん前の話だけどね」

ネコはそう言うと、前足をテーブルの上に乗せ、ぐーっと伸びをする。にょきりと爪が覗いたが、机を傷つけないためか少し手を浮かせる。ネコが持つ品の良さみたいなものが、ちらりと垣間見えた気がした。

一体このネコは、何者なのか——。

「あんたなら、視えるんじゃないの？　あたしの過去」

ニヤリとネコは、目を細めた。

◇◇◇

立派なビルの廊下を、カツカツとハイヒール音を鳴らして歩く女性。年齢はわたしより少し若いくらいだろうか。鎖骨あたりまで伸びた、ゆるくウェーブした髪の毛は透明感のあるベージュカラー。デコラティブなデザインの黒シャツに、ぴたりとしたシルエットのタイトなロングスカート。足首をリボンで結ぶタイプの黒いヒールを合わせたその姿は、パリコレモデルさながらだ。

同僚だろうか。その後ろを追いかけるように歩く男性もまた、細身の洒落たスーツを着込んでいる。ふたりとも、ファッション業界で働いているようだ。

「相沢、取材受けろって」

男性の言葉に、女性はカツッとひときわ大きな音を鳴らして立ち止まった。

「なんっっってあたしが雑誌に出なきゃいけないのよ。ファッション誌ならまだしも、男性向け週刊誌って！　そんなに言うなら、葛城《かつらぎ》が出てよ！」

男性を振り向いた彼女の顔には〝断固拒否〟の四文字が書いてあるようだ。相当な美人なのに、ここまで顔を歪めるとはさすがだ。

「俺じゃだめだろ。部長が相沢を紹介するって、先方に言っちゃってんだから」

「だから、なんであたしなのよ！」

「巷で噂の美人女性バイヤー、しかも有能な、だからだろ？」

首を竦めた男性に、彼女は何か言いたげに口を開き、しかし何も言わずに奥歯をぎゅっと噛みしめた。男性はその隙を見逃さない。もちろんそれは、彼女のためを思っての行動だ。

「部長の顔立てとかないと、あとで面倒なことになる。そのくらい分かってるだろ」

女性は目を閉じて、右踵を数度上げ下げする。感情をコントロールしようとしているのだろう。

「とりあえず取材受けてさ。そしたらぱーっと飲みに行こう。俺、奢るから」

男性がそう言うと、女性は自身を納得させるようにすう、と大きく深呼吸をした。

一回、二回、三回四回五回。それでも収まりきらず、「あーもう……！」と彼女は一度大きく地面を踏みつける。

「なんなのよ。人間なんてもうやめたい！」

◇◇◇

「――あなた、あの百貨店のバイヤーやってたの？」

目を開けると、ネコは先ほどと変わらぬ姿でそこにいた。しかしわたしの言葉に、ヒゲをピクピク、目を白黒させている。

「驚いた。あんた、本物の占い師なの⁉」

「……なんだと思ってたのよ」

「いやあ、まあもちろん占い師だろうなとは思ってたけどさあ。まさか本当の本当に視えちゃうなんて思わないじゃない⁉」

いつもは細められていることが多い目をまんまるに開き、「すごいわねえ！」と爛々と光らせる姿に、毒気を抜かれるとはこのことかと実感する。

わたしは、このネコに負けた。だけど今ならば、みんなが彼女を選ぶ理由も分かる気がする。

「じゃあさ、あたしの身に起きたこと、全部分かっちゃうワケ⁉」

身を乗り出してくるネコに「まあ、視ようと思えばある程度は」と頷くと、ネコは短い前足を胸の前でクロスさせて「やん、エッチ」と恥じらいながらの上目遣い。良い意味で、本当にばかばかしくて笑ってしまう。

ネコは束ねられた書類の山に目をやり「本当にやめるワケ？」と聞いてきた。

「佐藤リリーは、もうここまで」

最後にこの能力を使った相手がネコで、良かったのかもしれない。

存在自体が不明で、好き勝手自由気ままに生きているネコ。だけど彼女にも、たくさんのしがらみや苦しみがあった。悩みなんてなさそうに見えていても、誰だって多かれ少なかれ、人生のどん底を経験しているのだ。そういう背景を考えながら依頼者と接してこなかったわたしには、やはり占い師でいる資格はない。

「あたしもね、そう思ってたのよ」

ネコはそう続け、マヌルネコの顔がプリントされたエコバッグから色紙のようなものを取り出した。俳句を詠むときの細長い短冊だ。次いで取り出したのは、太めの筆ペン。

「いつもね、占いに来たお客さんにはお土産渡してんの。あんたのことは占ってないけど、まあ戦友への餞別的な？」

ケケッと短く笑ったネコは真顔になると、カッと目を見開き驚くほどの手さばきで筆ペンを走らせた。有名な書道家なのではないかと疑ってしまうほどの力強く、美しい文字が生み出されていく。

「あんたね、源氏名を改名すべきよ」

ネコはそう言いながら、筆ペンのキャップをはめると、短冊をこちらへずいと向けた。

——妙蓮寺雛菊
そこには、わたしの本名が記されている。

「佐藤リリーなんてその辺にいそうなのより、妙蓮寺雛菊のがずっと陰陽師っぽいじゃないの！　ああそうよそう、あたしの姓名判断ではそれが吉って出てるわ！」

「あなた、姓名判断なんか出来るの？」

「今ひらめいたの！　直感だって立派な占いでしょうよ！」

それは違う。と言いかけて、まあそれでもいいのかもしれないと思ってしまう。本人がそうだと信じるならば、それでいいのだ。いい加減だって胡散臭くたって適当だって、その言葉に救われる人がいるのなら、きっと大きな意味がある。

「ねえ。あなたの名前も教えてよ」

「あたし？　あたしはただの、マヌルネコよ。だからあんた、マヌルさんってお呼び」

なんでそんなに偉そうなんだろう。それがまたおかしくて、わたしは笑う。

そうか。彼女はそれまでの自分や出来事を、全て過去に置いてきたのだ。そして何者でもない、今の自分を愛しながら生きている。心から、慈しみながら生きている。

――羨ましい。彼女が心底、羨ましい。

両手で短冊を受け取り、わたしはそれを棚の上にそっと飾る。こうして見れば、確かにそうそう悪い名前じゃなく見える。

そのときだ。コンコン、と遠慮がちにノックが響いた。ネコは椅子からしゅたっと舞い降りると、わたしの脇をすり抜けて扉を開いた。ドアの向こうにいる相手とひとことふたこと言葉を交わし、それからこちらを振り返る。

「あんたに、もっと詳しく相談したいんだってさ」

開け放たれたドアの向こうには、あの日、喫茶マーヌルで、転職するか悩んでいると言っていた若い女性の姿。

「……先生と、お話がしたくって」

もう少し、わたしにも出来ることはあるのだろうか。この能力の助けを借りて、誰かの心をあたたかく出来るようなことが。そっと背中を押すことが。依頼者のために、自分のために。

「どうぞ、お入りください」

そこでわたしは、棚の上をじっと見つめ、再び女性へと視線を戻した。

「改めまして、占い師の妙蓮寺雛菊です」

あのネコ、やはり只者ではない。

もしかするとこの世のすべては、マヌルさんの占い通り——なのかもしれない。

板挟みマネージャー

他人と比べて競い合って、こっち派だとかあっち派だとか。

くだらないし、どうでもいいし、俺には関係ないし。

だから早く、大人になりたかった。社会に出て一人前になれば、そういうくだらないこととは無縁になれると思っていたから。

「葛城くん、この企画についてどう思うかね？　僕らからすると、どうにも時代遅れな感じが否めないんだがねえ」

「いやいや葛城くん、君はもちろん、賛同してくれるだろう？　時代は回ると言われているし、今の若者たちの間でレトロという言葉が流行っているのだろう？」

大きな会議室。楕円形のテーブルの一番下手で、俺は「そうですね……」と神妙な顔をしていた。

日本の百貨店業界の中でトップを誇る、瓦盛《かわらもり》デパート。新卒で入社し、二十一年が経った。入社以来ずっと、花形と呼ばれる婦人服フロアに配属されているため、同期たちからはエリート扱いされている。実際、現在の上層部はほとんどが婦人服売り場出身だ。

「しかしねえ、レトロと時代遅れは紙一重だと思うんですがね」

「いやいや、何をおっしゃいますか。きちんとリサーチをした上での企画ですぞ。保守的なそちらさんには、理解が難しいかもしれませんがねえ」

卓上ではなおも、終わりのない論議が繰り広げられている。

社会人二年目のとき、入社した瓦屋《かわらや》百貨店が経営統合をすることになった。相手もまた、大手百貨店であった福盛《ふくもり》デパート。現在の社名に決定するまでにも、福屋《ふくや》百貨店がいいんじゃないか、いやいや瓦の文字が最初だろう、待て待てそれならばデパートの文言は譲れない、等々互いに譲歩出来ないものがあり、相当数に上る話し合いが行われたらしい。一緒に協力してやっていきましょうという上での取り交わしのはずなのに、結局は足の引っ張り合いだ。

そしてその悪習は、社内にももちろん色濃く蔓延している。経営統合とはまさに言葉の通りで、みんな仲間になりましたね！ではないのだ。

「だから現場の声を聞こうと言ってるんじゃないですか。なあ、葛城くん」

瓦屋派の婦人一部部長が俺を見る。

「フロアマネージャーとして、どう思うかね？」

福盛派である、婦人二部部長も俺を見る。

「――どちらのご意見もごもっともかと。一度持ち帰らせていただき、店頭に立っている社員たちの肌感覚も聞いてご報告いたします。お客様に一番近いのは、彼らですので」

そう答えると、ふっと会議室内の空気が解けるような感じがした。他の社員たちも、終わりのない押し問答に辟易《へきえき》していたのだ。

「それでは、今日の会議は一旦ここまでとさせていただきます」

会議の進行を取り仕切っていた課長の声で、その場はお開きとなった。


「はぁ」

本社ビル屋上の喫煙スペースで、ジャケットの内ポケットからボックスを取り出す。今年に入ってから一日に吸う煙草の本数が格段に増えた。体に有害だし金はかかるし、いいことなんてひとつもない。それでもむしゃくしゃしたときに自分を落ち着かせるのに、煙草は不可欠だった。

都内の中心部。高いビルばかり立ち並ぶこの地域では、屋上から見えるのは小さく切り取られたような青空くらいだ。窓ひとつない百貨店という建物はある意味特異で、時間も天気も季節も、外部とは切り離された空間だ。逆の言い方をすれば、俺たちはこの空間をどんな色に塗ることも出来る。もちろん、季節や世の中のイベントに合わせることも出来るし、ここにしかない特別な空間を展開することだって可能なのだ。

　今回は半年後のイベントについての会議だった。しかし例の如く、瓦屋派と福盛派の足の引っ張り合いで大事なことは何ひとつ決まらなかった。こんなことが、ずっとずっと繰り広げられている。

「うぁぁ、めんどくせー……」

　声に出して、煙と共に空へ吐き出す。本当ならば、もっと大きな声で叫びたい。だけど会社は、壁に耳あり障子に目あり、だ。

　人と比べて競い合うというのは人間の性なのだろうか。派閥争いだなんて、ドラマや小説の中だけの出来事だと思っていたのに。まさか人生半ばまで来て、こんなことに頭を悩ませられるとは思いもしなかった。

　自分で言うのもなんだが、俺は器用なタイプだと思う。老若男女問わず誰かと話すことが好きで、上司からもかわいがられ、ここまで大きな挫折もなく進んできている。婦人服フロアのマネージャーとして五年ほど働いた頃に管理職への昇進を打診されたのだが、現場を離れることになるのは本意ではないと丁重にお断りした。普通ならマイナス要素となりそうなそのことですら『この仕事を愛しているゆえの英断』と良いように受け取られ、図らずも上層部から一目置かれる存在となった。

　同期の中では〝上層部が引っ張りたい男〟だなんてからかわれているが、あながち的外れではないのかもしれない。普段は参加するはずのない会議にこのところ度々呼び出され、お前はどちらの派閥につくんだ、と暗に問われているのだから。

「同じ会社の中で争い合ってどうすんだよな……」

日本経済は長いこと、低迷期を彷徨っている。ことさら百貨店業界は顕著で、もはやテナント貸し業と化してしまった店舗も多い。一昔前までは、一流のサービスと一流の品物が何でも揃う、と絶対的な信頼を得ていた百貨店。今では業界全体が大きな危機に瀕しているのが現状だ。だからこそ、皆で協力すべきときだというのに。

お偉いさん方は、自分たちの立場を守ることだけが重要なようだ。

「ばかばかしいな……」

うちの会社では昇進試験で合格すると、マネージャーかバイヤーになることが出来る。簡単に説明すると、お客様へのサービスのプロがマネージャーで、商品のプロがバイヤーといったところだろうか。どの部にも必ずこの両者がいて、パートナーとして連携を取ることで、一流のサービスと商品をお客様に届けることが出来るようになるのだ。

「相沢なら、どうするんだろうな……」

ふと、かつての同僚が頭に浮かぶ。

内定式で初めて顔を合わせたとき、そこにいた誰もがその美しさに釘付けになった。芸能人かと思うような整った顔立ちとスタイル、上品な身のこなし。地味で無難なリクルートスーツばかりの中、彼女だけは真っ白なパンツスーツに身を包み、ゆるりと巻かれた髪の毛をほどよい高さでひとまとめにしていた。耳にはゴールドの大ぶりなピアス、パープルの一粒天然石のネックレスが胸元で上品に輝いていた。

相沢はそんな高嶺《たかね》の花といった外見とは裏腹に、とても人懐っこく、付き合いやすい、さっぱりとした性格だった。

俺たちは同じ部署に配属になり、厳しく理不尽な下積み時代を叱咤激励し合いながら過ごした。そして最初の昇進試験。合格したのは同期の中、彼女ひとり。悔しさと情けなさで落ちていた俺を飲みに連れ出してくれたのもまた彼女で、翌年、ついに俺たちはマネージャーとバイヤーとして共に仕事をすることになったのだ。

そんな彼女はもう、この会社にはいないけれど。

今でも俺は、こうしてことあるごとに想いを馳せる。

相沢だったら、どんな道を選ぶのだろう——と。

仕事後の一杯は、疲れた身体によく沁みる。特に風呂上がりに飲むキンキンに冷えたビールは最高だ。スマホで海外サッカーの試合を見ながら、夕飯代わりにコンビニの焼き鳥をかじる。

時刻は十一時半ちょっと。この時間に食べるなら、これくらいがちょうどいい。

三十三のときに婚約したが、昇進の話を蹴ったことを知られてから関係がギクシャクし破談となった。七つ年下の元婚約者は現在、どこぞの実業家と結婚し双子を出産。セレブママとしてインフルエンサーのようなことをしている。元々読者モデルをしていたらしいから、注目を集めることが好きなのだろう。今を幸せに生きてくれていることは俺にとってもありがたいことだ。

ちなみにそれ以降は、独身生活を自由気ままに過ごしている。元来俺は、自分のペースを崩されるのがあまり好きではないのだと思う。仕事では右へ左へと要領よくやっているけれど、それは割り切っているからだ。

強がりでもなんでもなく、独りは気楽だ。いや、独りきりというわけではない。

「ニャーン」

「お、悪い悪い。ラモンも腹減ったよな」

足元でこちらを見上げる愛猫の頭をひと撫でして立ち上がる。

ネコはいい。どこまでも気まぐれでマイペースで、互いに干渉せず心地よく過ごすことが出来る。それに何より、かわいい。ふわふわでリラックスするとゴロゴロ喉を鳴らして、それでいて美しい。高貴なグレーの長毛に、モスグリーンの瞳。うちのラモンは、かなり美人なネコだ。ちょっとデカいけど。

「あれだよなあ、みんなネコと暮らせばいいんだ。そしたら世の中平和になる、絶対」

な？とラモンを見れば、天然石みたいな透き通った瞳で見返され、思わず表情が緩んだ。そのときに、スマホが着信を知らせた。

こんな遅い時間にかけてくるのは、二期上の桜川《さくらがわ》さんくらいだろう。紳士雑貨で俺と同じく長年マネージャーを任され、数年前に昇進した桜川さん。次期部長候補という噂もある。

「もしもし」

『どうせまた、ネコと戯れてたんだろ』

学生時代、ラグビーの日本代表選抜だったという桜川さんはゴツゴツしたガタイの良さと、体育会系独特の打たれ強さで、社内での信頼も厚い。元々は福盛デパートの社員で、経営統合されたタイミングで俺たちは出会った。

タイプとしては正反対に見える桜川さんはどういうわけか、入社二年目だった俺を気に入り、部署が違うにもかかわらずあちこち飲みに連れて行ってくれた。今では社内で、一番気を許して話せる相手だ。

「ネコはいいんですよ、ネコは。桜川さんもネコと暮らしてみればいい。邪念とか全部なくなりますから」

片手でスマホを持ち、もう一方の手でラモンの皿にキャットフードを入れてやる。基本的に常に食欲旺盛のラモンは、入れているそばからカリカリと食べ始めた。その欲望に忠実な姿もまた、見ていてほっこりする。スピーカーからは『お前相変わらずだなあ』という、桜川さんのため息。

『で、本題だけど。土曜に市澤《いちざわ》部長とゴルフ行くんだよ。葛城も来いよ』

桜川さんの言葉に、「ええ?」とみぞおちの奥から驚嘆が漏れ出る。市澤部長といえば、福盛派代表とも言える人物だ。ちなみに今日の会議で「葛城くんはどう思うかね?」と聞いてきたひとり。

このくらいの歳になると、大抵がどちらかの派閥についていることが多い。それによって、未来の昇進が決まるのだから、長いものに巻かれることも時には必要なのだろう。しかし、俺には先見の明があるわけでもないし、見えない何かを見極める力も全くない。

『お前な、そろそろ固めた方がいいぞ? 市澤部長も、葛城のことすごく買ってる。百貨店の時代は終わったなんて言われてるけどさ、もう一度世の中にその意義を打ち出していきたいって思ってんだよ俺は。お前とさ』

桜川さんは、全てにおいて熱い男だ。この仕事に誇りを持ち、本当に会社をどうにかしていきたいと思っている。そこについては、俺だって同じ意見だ。百貨店というものに、もう一度付加価値をと思っている。だけど——。

「派閥とかじゃなくって、もっと一致団結してやってけないんですかね……」

『葛城のそういうところは、本当にいいところだと思う。だけど、現実はそう甘くないんだ』

諭すような声に、俺は大きく息を吐き出した。桜川さんの言う通りだ。そんなことくらい、俺だって分かってはいる。だけど、そうやって社内で分かれて競い合わなければ発展出来ないこと自体、おかしいんじゃないかという思いが拭いきれない。

『葛城も行くって、市澤部長には言っておいたから』

「……ええ!?」

『部長も楽しみにしてるからさ。ここは俺の顔を立てると思って、頼むよ』

そんな風に言われれば、もう何も言えなくなってしまう。桜川さんの強引なところに俺はこれまでたくさん振り回され、それと同時に多くのことを学び成長させてもらってきたのだ。

どさりとソファへ腰を下ろすと、端で寝ていたラモンがびくりと顔を上げた。

「あーごめん。びっくりしたよな」

背中を撫でてやると、安心したのか再び丸くなって目を閉じる。

——いいなあ。俺もネコになれたらどんなにいいか。

そんなことを考え、ため息と共に目を閉じる。

「顔を立てる、かあ」

いつぞや自分が放った言葉が、ブーメランとして返ってくるなんて。

元同僚の相沢は、かなり優秀なバイヤーだった。相沢が海外で買い付けてきた商品は毎回ヒットし、ファッション業界も彼女の動向に注目。相沢が流行を生み出すと断言する関係者もいたくらいだ。

そんな中、彼女のもとへ男性向け週刊誌からのインタビューの話が舞い込んだ。当時の部長が、我が社にはとても優秀な女性のバイヤーがいて、誰もが振り向くような美貌の持ち主であると出版社に持ちかけたのだ。ちょうど女性の働き方改革などが世間的にも注目されていた時期で、部長としては相沢を出すことで会社のイメージアップを図りたかったのだろう。組まれたスケジュールが、大きなイベントの前日だったこと。相手側が〝美人バイヤー〟としてカラーページ特集すると言ってきたこともあり、相沢は大激怒。

相沢の気持ちはよく分かった。自分の仕事や能力ではなく、外見で会社の良いように利用されることに憤りを感じないわけがない。特に相沢は、外見にまつわることを言われるのを何よりも嫌がっていた。

そんな彼女をなだめたのが、当時仕事上でのパートナーであった俺だ。話を受けなければ、相沢は受け持っていた担当を外される可能性が高かった。全てをつぎ込んで作ってきたキャリアを、そんなことで棒に振ってほしくなかった俺は、どうにか彼女を納得させたのだ。『部長の顔を立てておかないと、面倒なことになる』と。

だけどそれも、今では正しかったのかどうか分からない。結局彼女は数年後、バイヤーとしてのキャリアを手放し退職し、今ではどこでどうしているのかも分からないのだから。

「俺はどうするんだろう。どうするのが正解なのか」

桜川さんの言う通り、そろそろどちらに属するか固めないといけないのだろう。それが会社員の仕事のひとつでもあるのかもしれない。しかし、そう簡単に決められるものでもない。

就活生時代、俺はやりたいことが何もなかった。とりあえず、どこかいいところに就職出来ればそれでいいと考えていた。そこまで深く、色々なことを考えていたわけじゃなかったが、持ち前の器用さと人懐っこさが幸いし、いくつかの企業から内定をもらっていた。

そんな中、最後に残っていた面接が瓦屋百貨店だった。自分の中では消化試合のようなつもりだった。ずいぶんと天狗になっていたのだろう。しかしそこである面接官に『あなたは瓦屋百貨店が、本当に好きですか？』と聞かれたのだ。

四十代くらいに見える男性面接官は、ブラウンのヘリンボーンのジャケットに薄いブルーのシャツ。ウールのネクタイに太い黒ぶちの眼鏡と、まるで英国紳士という出で立ちだった。

『私は瓦屋百貨店が大好きです。当店のお客様も、瓦屋百貨店が大好きと言ってくださる方々ばかり。だからこそ、本当に当店を大好きだと思ってくれる人と、私たちは働きたいと願っています』

そう言われたとき、中身を見透かされたような気がした。それと同時に、体が雷に打たれたように痺れたのだ。こんなにも自分の会社を好きだと堂々と言える人と、今までに出会っただろうか。この人のようになりたい。この人と働きたい。この会社で働きたい。

本来ならば、応募する前にそのくらい熱い想いを持つべきだろう。だけど俺の場合は面接の真っ只中、急に火がついた。その想いが通じたからなのか、こうして俺は瓦屋百貨店――現在は瓦盛デパートで働いているというわけなのだが。

俺の運命を変えたといっても過言ではないあの面接官とは、あれから一度も会っていない。入社してから人事に尋ねてみたことがあったのだが「調べておく」と言われたまま二十年以上が経過した。入社して分かったことだが、当社の面接官は、人事部にプラスして本店のマネージャーやバイヤーたちが、その都度入れ代わり立ち代わりで担当することになっていたらしい。実際、俺も何度か面接官としてその場に立ち会った。

同じ社内にいればいつか会えるだろう。そう思っていたが、そんな簡単なものでもなかった。あの後、別の店舗に異動になったのかもしれない。

それでも、あの人が言った『瓦屋百貨店が大好きです』という言葉は、心の中にずっとある。

――桜川さんには恩があるし、尊敬もしている。これからも切磋琢磨し合っていきたい。

――瓦屋百貨店に入社したこと、そこで働いていることは、自分の中の大きな誇りだ。

だからこそ、どちらかなんて選べない。

来週は売り場の大きな展開替えがある。図面を考えたり、配置表のチェックをしたりと、考えなければいけないこともたくさんだ。業務以外のことで悩みたくない。

それともこういうのも含め、会社員の仕事なのだろうか。

空を見上げて絶望的な気分になるときは相当まずい状態だから休め、とは、死んだじいちゃんの言葉だ。

瓦盛デパートは八階建てで、隣接した建物が本社ビルとなっている。社長室を始め、総務部などのオフィスや社員食堂なんかもこちらにあり、その屋上が俺の憩いの場だった。

「あー……しんど……」

もう午後二時を過ぎたというのに、いつまでも空腹感がやって来ない。コンビニで買ったパンを袋に戻し、もう一度天を仰いだ。

土曜日のゴルフは、終始なごやかに行われた。会議室ではねちねちした——いや、細部までこだわって質問してくる福盛派・市澤部長もご機嫌だった。

そして今朝、出社時に偶然出会ってしまった瓦屋派の志村《しむら》部長から『市澤部長とゴルフに行ったんだって?』と言われたときには、全身から汗が噴き出してしまった。どういう解釈をしたのかは分からないが『君も大変だね。近々、ゆっくり寿司でも食いに行こう』と同情されるような表情で肩を叩かれ、とりあえずの難は逃れた。が、そこからずっと、胃の調子がおかしい。

「ネコになりたい……」

うわごとのように呟いたときだった。

「葛城さん、大丈夫ですか？」

名前を呼ばれ、ぼんやりと顔を向ける。

スーツ姿の女性が、大きなカバンを肩にかけながらこちらへと歩いてくる。えーっと確かこの人は――。

「坂岡生命の山中です」

「ああ、山中さん」

本社によく出入りしている保険会社の人だ。社内での評判もよく、彼女に保険関連を一括で任せている社員も多いと聞く。数度言葉を交わしたことはあったけれど、まさか名前まで覚えていたとは。彼女もまた、とても有能なのかもしれない。

山中さんは鞄の中から栄養ドリンクの瓶を取り出すと、こちらへと差し出す。

「葛城さん、疲れてらっしゃるように見えたので。あ、契約してくださいとかそういう話じゃないので、安心してくださいね」

そう笑う彼女に、少し肩の力が抜けるのを感じた。このところずっと、社内で話しかけられるとつい体に力が入ってしまう。この人はどっち派だったなとか、この質問も何か意図があるのかなとか、余計なことを考えてしまうのだ。

「どうも、すいません」

栄養ドリンクを受け取り、キリキリッと蓋を外す。一口喉に流し込むと、爽やかでひんやりとした感触が体に染みわたるようだった。

「わたし、子供がふたりいるんですけど」

山中さんが、世間話をするように口を開く。

「息子たちが、わたしももちろんなんですけど、大好きな喫茶店があるんです。疲れたなってときとか、なんか上手くいかないなぁってときも、そこに行くと癒されるというか、気楽になるというか」

「そんなところがあるんですか」

「はい、隣町の商店街に。すごくおいしい和菓子屋さんもあるし、もしよかったら葛城さんにも行ってみてもらいたいなぁって」

「何時くらいまでやってるんですかね」

「夜はお酒を出されることもあるみたいで、零時くらいまではやってるみたいです。メロンソーダがおすすめなんですが、ナポリタンも絶品なんですよ。店長さんがおもしろい方で。しかもネコの――」

そこで山中さんは、はっ、と口を閉じた。

「ネコ……？　ネコがいるんですか？」

「いや、必ずいるとは限らないというか……」

思わず前のめりになった俺に、山中さんは目をぱちぱちとさせる。

「葛城さん、ネコがお好きなんですか？」

「そりゃあもう！」

そこで山中さんはおもしろそうに笑った。

「そしたらぜひ、行ってみてください。喫茶マーヌルっていうお店なんです」


ネコのいる喫茶店へ行く。その予定が出来ただけで、それから一気に体が軽くなった。もちろん何も解決していないし、変化もしていない。先ほども桜川さんから『今夜飲みに行かないか』とメッセージが入っていたが、先約ありとお断りした。桜川さんには申し訳ないが、今夜はひとりで特別な時間を楽しみたい。

そうしていつもより二時間早く仕事を切り上げた俺は、山中さんに教えてもらった喫茶マーヌルを目指したのだった。


――チリンチリン。

そこは昭和の時代にタイムスリップしたかのような、哀愁漂う喫茶店だった。木製の家具はどれもアンティークのものだろうか。状態もよく、本来の品質の良さも窺える。歴史を感じさせるデザインながらどこか洗練されていて、今でも十分に価値のあるものと捉えることが出来た。

こぢんまりとした店内には、カウンター席に制服姿の女子高生がひとり。こちらを振り向くこともなく「お父さん、お客さんだけど」と奥に向かって声をかけた。どうやらこの店の娘のようだ。

「いらっしゃいませ」

奥から出てきた男性に、俺は思わず息を呑む。

「か、川谷さん!?」

現れたのは、白いシャツに黒いエプロンをつけたすらっとした眼鏡の男性。入社してから五年ほど、同じ部署で面倒を見てくれた先輩がカウンターの中に立っていた。

「これはまた、葛城くん。久しぶりだね、全く変わっていなくて驚いたよ」

穏やかに微笑む川谷さんに、懐かしさが込み上げてくる。

後輩である俺たちにも決して驕ることなく、いつでも優しく接してくれた川谷さん。生真面目で融通が利かないと他の先輩たちは言っていたけれど、俺はいつだって変わらずにいてくれる川谷さんのことを一方的に慕っていた。一方的に、というのは、川谷さんは絶対に、プライベートに関わらせてはくれなかったからだ。その潔さは、すぐに周りに合わせて器用に振る舞ってしまう自分にとって、心底眩しく映った。

そんな川谷さんがうつ病で退職したと聞いたのは、もう十年ほど前になるだろうか。その二年後、相沢も退職をしたのだ。

「会社に来てる保険会社の人に、ここをおすすめしてもらって」

「ああ、鞠さんですかね」

川谷さんはあの頃と変わらぬ柔らかい表情を浮かべると、小さな紙をカウンターの上に置いた。メニュー表のようだ。

「お腹は減ってますか?」

「……減ってます」

不思議だ。あんなに胃の中がパンパンで、何も喉を通らないと思っていたのに。この場所に来て、川谷さんと話していたら、自然と空腹を感じた。川谷さんは水をコップに入れて俺の前へ置くと、「ちょっと待っていてくださいね」と奥へと消えていった。

「うまい……」

水ですら、うまい。レモンの香りが鼻に抜けて心地よい。さすがは川谷さんのお店だ。

しかし驚いた。こうして川谷さんと再会出来る日が来るなんて。退職後連絡を取りたくても、会社から支給されていたスマホの番号しか知らなかったのでそれも叶わなかった。こうして思えば、あの面接官も川谷さんも相沢も、俺が本当に連絡を取りたいと願う人は、みんな行方知れずだ。

「瓦盛の人？」

突然声をかけられ、思わず背を伸ばす。顔を向ければ、カウンターの端の女子高生がこちらを見ていた。

「こんにちは、葛城透《とおる》です。お父さんには、とてもお世話になって」

綺麗な子、という印象だった。内定式で初めて会った、相沢のことを思い出した。彼女もまた、独特な雰囲気を持っている。

「叶。父がお世話になりました」

主語はないけれど、察するに叶ちゃんという名前なのだろう。川谷さんにお嬢さんがいたとは知らなかった。

「それにしても、すごく素敵なお店だね。川谷さんが喫茶店をオープンしたなんて知らなかった」

店内を見回すと、叶ちゃんは「厳密には違うけどね」と無表情のまま言った。

「ここ、元はマヌルさんのおじいちゃんの店なんだよ。亡くなったあとマヌルさんが受け継ぐことになったんだけど、本人は料理もしないし飲み物にも興味ないしって。それで料理好きで無職だったお父さんに、声がかかったってわけ。だから厳密には、お父さんは雇われ店長」

「なるほど……」

この一言は、社会人の相槌のひとつだ。全く理解出来ていなくても、とりあえず「なるほど」を挟むことで考える時間を作る。実際に今の叶ちゃんの言っていたことで理解出来たのは、マヌルさんという謎の人物がいるということと、川谷さんは雇われて店長をしているという二点だけ。いやまあ、この二点が分かっていれば大筋は摑んだも同然ではあるが。

カウンター内に、立派な木が組み合わさったオブジェがあるのが目に留まる。あれはまさに、かなりおしゃれなキャットタワーではないか。川谷さんとの再会に気を取られて忘れていたが、ここはネコのいる喫茶店だったはず！

「叶ちゃん、ネコっていうか……ネコがいるって聞いたんだけど」

「マヌルネコよ」

チリンチリン、というドアベルの音と共に、野太い声が響く。前足で扉を開けたネコは、ネコらしからぬ二足歩行でやって来ると、俺の隣の席へ腰を下ろした。人間みたいな座り方で。

「葛城、ずいぶん老けたわねえ」

ずんぐりとした丸くて大きいフォルム。グレーとベージュが混ざった、ネコ好きならば歓喜しそうなもっふもふした尻尾と体。横長の耳と丸い顔。頬に入った黒い筋の上、ハチミツのような色の瞳がこちらを向いた。

「あたしが恋しくて、ついにここまでたどり着いちゃったワケ？」

「……相、沢……？」

ネコだ。どう見てもネコだ。だけど俺には分かってしまう。彼女が纏う独特の空気感。誰よりも羨ましく、誰よりも頼りにし、誰よりも信じていた相手。

「ご名答」

太ったマヌルネコとなったかつての戦友は、ぱちりとウインクをして見せた。

音信不通となった先輩と再会を果たした。自分の人生に大きな影響を与えた同僚と再び出会えた。しかも彼女は、人間をやめてマヌルネコになっていた。四十三年間生きてきて、こんなにも驚きが重なった日はなかったと思う。

「本当にうまいっすね、川谷さんのナポリタン」

「生真面目がゆえに、喫茶マーブルのレシピ完全再現よ。この人、〇・一グラムの誤差も許さないからねえ。その代わりアレンジは利かないけど」

「相沢、なんでそんな川谷さんに対して偉そうなんだよ」

「別に普通でしょうよ、これくらい」

俺、相沢、一席空けて叶ちゃんという並びで、ナポリタンを食べている。こうして誰かとゆっくり食事をするのは久しぶりだ。

「川谷さん、あの～……ここ、酒も飲めるって聞いたんですけど」

右手を小さく上げると、湿った肉球にぺしりと叩かれた。

「あんた、酒に呑まれるからやめて。本当に面倒だから」

「酒に呑まれるのは相沢の方だろ」

俺の言葉に川谷さんと叶ちゃんは深く頷いている。女子高生に酒癖の悪さがばれてるって、相沢はマヌルネコになっても相変わらずのようだ。

「ふたりとも酒癖が悪いというのは当時から有名でしたからね。今夜はソフトドリンクにしておきましょう」

川谷さんにそう言われてしまえば仕方がない。それに実際のところ、このレモン水ですらかなりうまいので文句はなかった。正直、シラフでも酔えと言われれば酔えそうだ。

こんなに楽しい夜は、いつぶりだろう。みんなで共に働いていた頃に戻ったみたいだ。川谷さんは仕事以外で時間を共にしたことはなかったけれど、残業中、相沢と俺がぎゃーぎゃー言い合って、川谷さんがそこにコメントを挟むという場面がよくあった。若手の頃は、本当に大変だった。今のように働き方改革みたいなものもない時代で、良くも悪くも延々と会社にいることが出来た。あれもこれも、雑務という雑務は若手社員の仕事。休みの日も出勤して、地下の倉庫で在庫整理などに明け暮れた。体育会系気質の会社では飲み会での一発芸なども叩き込まれたし、色々と理不尽なことも経験してきた。

あの厳しい時期を乗り越えられたのは、仕事への誇りと共に、こうした戦友がいてくれたからだ。

「しかし相沢、なんでマヌルネコなんかになったわけ？」

「なんか、って何よ、なんかって。人間なんかよりずっといいわよ」

「……まあ、それもそうか」

ため息と共に吐き出せば、相沢がピンとヒゲを爪で弾いた。

「瓦屋派と福盛派、どっちにつくのか。俺は今、人生の岐路にいる」

ゼロからの説明も不要で、あの会社から離れたからこそ話せる相手。気付けば俺は、みぞおちの奥に居座り続けている鉛の正体を口にしていた。

派閥争いは、経営統合をした当時からあった。それまでは瓦屋内だけでも派閥はあって、打倒福盛となった途端、それらは歪な形でまとまった。どうして人間は、敵と味方に分かれたがるのだろう。たまにそれが、とてつもなく気味悪く感じてしまう。望まなくとも、その一部にならなければ生き抜いていけないという事実も。

「分かってるんだよ、どっちかに決めないといけないのは」

――でも、そんな簡単に決められない。

大きな深いため息を吐き出したときだった。

「占いで決めたら？」

気だるげな叶ちゃんの言葉に、俺の思考は一旦止まる。占いで、どちらにつくか決めるということか……？　そんな発想、自分には全くなかった。だけど正直、見えない力に頼りたいくらいには疲弊している。

「マヌルさん、占ってあげたらいいじゃん。友達なんでしょ」

そう続けた叶ちゃんに、隣の相沢が「ええ～」とこれまた気だるげに顔をしかめる。マヌルさんというのは、相沢のことだ。話の流れからは、相沢が占いをする、と取ることが出来るが……。

「お前、そういう趣味あったんだっけ」

「失礼ね。あたし、れっきとした占い師やってんの」

相沢はそう言うと、川谷さんから手渡された紫のベールと金の輪を頭にカパッとはめ込んだ。いやいや仮装大賞か、と思わないでもなかったが、それより藁にも縋りたい気持ちが勝った。

「相沢頼む！　占ってくれ！」

「無理」

両手を顔の前で合わせた俺を見もせず、相沢は即答する。

「ちょっと今、そういう気分じゃないのよ。占いたい気持ちにならないっていうか」

鼻の上にひくひくと皺を寄せながら、耳の後ろを爪の先で掻く相沢。しかし俺は知っている。自分の仕事に対して絶対的な情熱を注ぐのが、相沢という人間（今はマヌルネコの姿だが）だということを。この職種を選んだことは意外だったが、彼女のことだから、どんな仕事でも情熱をもって取り組んでいるに違いない。そんな彼女の占いならば、信憑性も高そうだ。

「仕事として頼む。金ならいくらでも払う！」

窮地に追い込まれていること。信頼していたふたりと再会出来たこと。哀愁漂う喫茶店とアンニュイな女子高生。マヌルネコの占い師になっていた元同僚。様々な現実と非現実が、俺をハイにしていた。相沢に占ってもらうことが現状を打破する唯一の方法に思えて仕方なくなった俺は、「頼む！」ともう一度頭を下げた。大袈裟なため息を吐き出した相沢は「仕方ないわね」と短い両前足をカウンターの上で組んだ。

「で。あんたは何を占ってほしいって？」

突然後光が差した気がした。すごい、きっと相沢は本物の占い師に違いない。

「俺は瓦屋派につけばいいのか、それとも福盛派につくべきなのか」

ごくりと喉仏が上下するのが自分でも分かった。相沢はふう、ともう一度息をつくと、すっと右前足を細長い花瓶へと伸ばした。数本活けられていた黄色いデイジーのひとつを取り出すと、おもむろに一枚ずつ花びらをむしり始める。

「瓦屋〜」

ひらり。

「福盛〜」

ひらり。

「瓦屋〜」

ひらり……………。

「いやいやいや、それはやる気なさすぎだろ！」

小さい子がやる、「好き〜、きら〜い」の花占い。至極面倒くさそうな顔でそれをやってのける相沢を、俺は慌てて止める。花びらの数で運命を決められるなんて、たまったもんじゃない。

「も～なによ、やってほしいんでしょ？」

「そうだけど！　俺はちゃんと占ってほしいんだよ！」

「じゃあほら、鉛筆あげるから転がしなさいよ」

「それ、子供の頃のテストで分かんないときにやるやつだろ」

コントじゃあるまいし。自分でそう思いつつも、軽やかなやりとりは懐かしく心地よい。

「あたしはねえ、あたしの好きなように生きてんのよ。今日は占いたくない気分だって言ったのに、あんたがどうしてもって言うから花占いしてやったんでしょうよ」

相沢の正論に、ぐ、と押し黙ってしまう。彼女は鼻から、長ーい息を吐き出すと呆れるように口にした。

「あんた、もっと自由に生きなさいよ。窮屈そうで見てらんないわ」

占い途中だった一輪をカウンターに置いた相沢は、ひらりと椅子から飛び降りると、そのまま奥の個室へと消えていく。もうおしまい、という意味なのだろう。

残された花びらを無意識に数えぬよう、俺は反対側へと顔を背けたのだった。

『どうして人々は敵と味方に分かれ、争うことをやめられないのだろう』。常に抱えていたその疑問は、『なぜ彼女はあんなにも変わってしまったのだろう』という疑問に上書きされた。もしかしたら、現実逃避にちょうどよかったというのもあるかもしれない。

——会社をやめた彼女に、一体何があったのか。

俺が知る相沢は、はっきりとものを言うが人当たりはよく、仕事にも何事にも情熱をもって向き合う人物だった。あれほど真面目でストイックな人とは出会ったことがなかった。それがあんな胡散臭くやる気のない、占い師マヌルネコになってしまっただなんて。

それでも彼女が発した言葉が俺の心に突き刺さるのは、変わっていないようだ。いつだって相沢は容赦がなかったから。

「相沢か、懐かしいな。でも俺よりお前の方が、ずっと親しかっただろ」

翌日、屋上の喫煙所で偶然会った桜川さんに、それとなく相沢のことを聞いてみた。再会したことや、もちろんマヌルネコになっていたなんてことは言わずにだ。

「まあそうなんですけど。退職した後にどうしてたか、何か知らないかなと」

「やめる少し前だったかな。次は何やるのか聞いたら、鉛筆転がしながら、人間以外ですかねって言ってたよ。あの顔で、冗談言ったりするのがおもしろかったよな」

ハハハと声を上げて笑った桜川さんに、愛想笑いを返しておく。冗談でもなんでもなく、多分相沢は真実を言っていただけなのだろうが。

「今頃、海外にでもいんのかもな。日本はどこか、狭苦しそうでもあったから」

桜川さんの言葉に、確かに、と内心で頷く。厳密には、相沢が狭苦しさを感じていたのは〝日本〟ではなく、〝人間〟に対してだったのではないかと俺は思っているが、そんなことは口にはしなかった。

そこからしばらく、俺は相沢に縁があった人たちに、退職後の彼女の様子を尋ねて歩いた。

現在も同じ職場にいる同僚はもちろん、転職、退職していった同期に先輩、後輩たち。相沢と交流のあったアパレルメーカーの営業に、当時担当していたブランドの販売スタッフ。しかし誰も、瓦盛デパートを退職してからの彼女の行方を知らなかった。

本当は、本人に聞くのが一番だと分かってる。あれから俺は、毎晩のようにマーヌルで夕飯を食べている。それでも相沢のプライベートについて聞こうとすると、川谷さんも叶ちゃんも、一向に口を開いてくれなくなるのだ。

なぜこんなにも、元同僚の過去が気になるのか。それは多分、今の自分の状況を打破するヒントがそこにある気がしているからだろう。だって俺は、何度も何度も考えてきたのだ。『相沢ならどうするだろう』って。

「あんたさあ、あたしのストーカーになったワケ？」

ついにある夜、短い前足を腕のように組んだ相沢に睨まれた。

「……や、俺は川谷さんのナポリタンを食いに来てるだけで」

「あたしのこと嗅ぎまわってんでしょ？　咲玖が言ってたわよ」

ここに通うようになって、他の常連客とも顔見知りになった。この場所のことを教えてくれた保険会社の山中さんは（川谷さんと相沢がうちの会社で働いていたことは初耳だったらしく、ひどく驚いていた）息子ふたりを連れて夕食を食べに来ることもあり、それとなく何か知らないか尋ねてみたのだ。他にも、アパレルメーカーで働く女性や、叶ちゃんの友達にも聞いてみたが、皆、謎が多いのがマヌルさんだ、という回答だった。

「相沢が何も話さないから仕方なく」

「そりゃあんた、なんでもかんでも話すワケがないでしょうよ」

「そうかもしれないけどさ。なんか寂しいだろそういうの」

「いい歳したオッサンが何言ってんのよ」

「……確かに」

その通りすぎて自嘲気味の笑いが口の端から漏れ出た。相沢と一緒にいると、つい自分が若手社員だった頃に戻ったような感覚になってしまうのかもしれない。

「まあ、子供だろうがオッサンだろうが、寂しいもんは寂しいけどね。大人になると、そういうのはかっこ悪いって思い込みから、口に出せなくなるだけで」

こういうところは変わらないな。なんだかんだ言いながらも、いつだって彼女は許容というものを持っている。だからこそ、元人間のマヌルネコ占い師なんていう怪しげな肩書きを持っていても、自然と彼女のもとへ人々が集まるのだ。

「大人になるにつれて自由が増えた気がしてたけど、一定のところを過ぎたら今度は不自由さばかり感じるようになったよ。つまんない大人になった、本当に」

相沢とがむしゃらに仕事をしていたときは、きついことや思う通りにいかないことがありつつも、自分たちで何かを生み出すこと、成し遂げることが出来る気がしていた。学生時代に比べ金銭的にも余裕が出来て、考え方にも幅が出た。だけど気付けばいつからか、周りの視線やこれからのポジション、期待という名の鎖でがんじがらめになっていた。

仕事を楽しいと思うことすら、もうずいぶんと前に忘れてしまったのだ。

「本当に、人間ってどうしてこうも不自由なのかしらね」

そうぼやいた相沢は、それから大口を開けてあくびをする。それから数度、自らの肉球をぷにぷにと無意味に押しながら「あんたもあたしも、みんな最後には死んじゃうのにねえ」と、あっけらかんと言い放った。

「とてつもなく偉い人も金持ちも、嫌なやつもいいやつも。みんな最後は死ぬのにね。ヒリヒリしてギスギスして、一体何にそんな必死にしがみついてんのって話よ」

どうせ手放さなきゃいけないのにね。相沢はそう続ける。

「金も名誉も称賛も、あの世には持ってけないのよ」

だからこそ生きているうちに、成し遂げようとするんじゃないか——。

そう言おうかと思ったが、口にするのはやめた。相沢が言いたいことは、そういうことではないと分かったから。

人それぞれ考え方はあって、価値観もまた違って。生き方に正解も不正解もないんだろう。ただ彼女の言ったことは、真意だと思った。そして紛れもない、すべての人間に訪れる事実だ。

「俺はどうしたいんだろうな。自分でもどうすべきか分からないんだ」

情けないが、これが本音だ。自分のことなのに、分からなかった。相沢は頬杖をつきながら、俺の右腕をぐんっと押した。

「どうしよう、が、こうしよう、になるときが来るわよ。自然とね」

そしてこうも付け加えた。

「ま、知らんけど」


普段通り業務をこなしながら、フロアを歩く。変わったことがないか、お客様や働く同僚たちが困っていないか、目を配りながらパトロールをするのだ。

フロアマネージャーは見守り、調整し、統率するのが主な仕事だ。そのため、お客様と直に接する機会はあまりない。クレーム対応など、イレギュラーな場合を除いては。

「何かお探しですか？」

エスカレーター脇、案内図を見ながら眉を下げている年配の女性に声をかける。上品な佇まいのご婦人は、俺を見るとほっとしたように表情を緩めた。

「万年筆を購入したくて来たのですが、どこだったか分からなくなってしまって」

文具売り場は七階で、ここは二階だ。今日はサブマネージャーも出勤しているし、大きなトラブルも発生していない。七階ですとただ伝えることも出来るが、あそこは小さな売り場が隣接していて、文具売り場はとりわけ分かりにくい場所にある。

「ご案内いたします」

「そんな、悪いですから」

「僕がご一緒させていただきたいんです」

そう言ったところで、ご婦人がやっと笑った。

ふたりで共に、エスカレーターで上がっていく。時間にすれば五分もないくらいだが、ご婦人が瓦屋の頃からうちの店を贔屓《ひいき》にしてくれていること、今日は来年就職する孫へのプレゼントを買いに来たことなどを話してくれた。お客様とゆっくり会話が出来たのは、本当に久しぶりだ。

「今日またさらに、このお店のファンになっちゃったわ。ありがとう、葛城さん」

ネームプレートに目をやったご婦人は、それから嬉しそうな笑顔を見せてくれる。それだけで、心の奥があたたかくなる。そうだ、そうだった。こういう人と人との関わりに魅力を感じて、俺はこの仕事を続けてきたのだった。

「こちらこそ、楽しい時間を過ごさせていただきました。こちらが文具売り場になります」

ガラスケースがひとつに、棚が数個。そんなこぢんまりとした文具売り場で、小洒落たジャケットを着た男性店員がこちらに気付き、やって来る。

「いらっしゃいませ、ようこそ瓦盛デパートへ」

英国紳士風のその人はお客様へ声をかけたあと、俺へと視線をずらすと、目を見開いてから柔和に微笑んだ。

「これはこれは、着火新人の葛城くんではないですか」

――着火新人。

あの日、突然会社への思いが燃え上がった俺を見て、面接官が笑いながら言った言葉。

〝大月《おおつき》〟というネームプレートをつけた文具売り場の男性は、俺がずっと探し続けていた面接官だった。


まさか、こんなに立て続けに奇跡の再会を果たすなんて思わなかった。もしかして、相沢の占いの効果――、いやいや、別に相沢はご利益のあるお地蔵様というわけでもない。それに適当すぎる花占いも、途中でやめてしまったのだから関係ないはずだ。それでも喫茶マーヌルに足を運んだことが、人生に風を吹き込んでくれたのは間違いないように感じる。

「その節は、本当にお世話になりました」

接客が終わった頃を見計らい、俺は再び七階を訪れていた。どうしても大月さんと話がしたかったからだ。

「いやあ。君が私を覚えていたなんて、思いもしませんでしたよ」

「それは僕のセリフです」

「面接の最中、別人になったように突然熱く語り出したのは、君くらいでしたから」

柔らかに笑う大月さんに、川谷さんの面影が重なる。穏やかで、だけど自分の信じるものを持っている人に、俺は強く惹かれるのかもしれない。

「婦人服でフロアマネージャーを長年務めているとか。噂には聞いていましたよ。ご活躍、何よりです」

「いえ………」

その先の言葉が続かなかった。自分は今、面接のときに感じた熱い想いを持って仕事が出来ているのだろうか。この会社が好きという気持ちを、持ち続けることが出来ているのだろうか。大月さんの口から自然と出た『ようこそ瓦盛デパートへ』という言葉。あれは、大月さんが今でもこの会社に誇りを持っているからこそ出るものなのではないだろうか。

言葉を止めた俺の横で、大月さんは万年筆の入ったガラスケースを丁寧に拭く。

「先ほどのお客様が、とても嬉しそうにお話ししてくださいましたよ。葛城さんのような人がいるから、大事なお買い物は瓦盛デパートと決めている、と」

喉の奥が、鼻の奥が、ぐっと熱くなるのを感じた。

「たまに、こうして伺ってもいいですか？」

売り上げもスペースも小さい文具売り場は、うちの社の中ではエリート街道から外れた人がたどり着く場所だと言われている。それでも俺にとって大月さんは、この仕事をする上での原点となる人だと改めて感じたのだ。

「もちろん、いつでも大歓迎ですよ」

大月さんは優しく、目じりに皺を寄せてそう答えてくれた。


一年に一度の、会社を挙げてのファッションウィークが開催された。十年ほど前、百貨店業界で最初にこのイベントを導入したのはうちの社で、その真の立役者は相沢だった。

ファッションを大々的に打ち出し、リアルクローズだけでなく、アヴァンギャルドなデザインのものも多く展示、販売する。プロのモデルを起用したファッションショーや、有名なメイクアップアーティストを招待してのメイクレッスンなど内容が盛りだくさんの、一番大きなイベントだ。婦人服がメインであることから、イベントの総指揮はフロアマネージャーである俺が任されていた。

「今回のは、市澤部長のおっしゃったコンセプトがやはり厳しかったのかと思いますがねえ」

無駄に広い会議室に、瓦屋派・志村部長の苦々しい声が響く。下手で立っていた俺は、身を固くしていた。

ファッションウィークは、会社としての売り上げも非常に大きなイベントだ。それが今年、開催以来初めて、前年比を大きく下回ったのだ。そのテーマは、他のイベント同様、ふたつの派閥があでもないこうでもないと、議論を重ねて重ねて重ねまくって決定したものだった。

「ははは、いやいや志村部長。これで行こうと最終的におっしゃったのはそちらではないですか」

今度は福盛派の市澤部長が応戦する。ピリピリとした空気が会議室内を埋め尽くす。市澤部長の並びの席では、桜川さんも難しい顔をして座っていた。

「現場を見ていて、葛城くんはどう思ったかね？」

──来た。

現場の責任者だった自分にも、その責任は十分にある。

「申し訳ありません。お客様が求められているもの、その潜在意識の部分をより深くリサーチすべきだったと思っております」

白状してしまえば、現場にいる我々社員にとって、ファッションウィークは毎年訪れる、同じ作業の繰り返しだ。もはや、初商《はつあきない》、棚卸、大規模社販、夏のセール、などと同じで、毎年のルーティンとなっているのだ。

上が決めたコンセプトに沿って必要なものを発注し、売り場を組み、スケジュールを立てて演者や専門スタッフ、販促物などの手配をし、当日は来店されたお客様に誠心誠意対応する。

ところがコンセプトややり方を、上層部は簡単に変更してきたりする。おかげで現場はてんやわんやだ。そんな状態で作り上げるファッションウィークが、本当の意味で斬新で意義のあるイベントであるかどうかはもはや怪しかった。もちろん、そんなことは言えないけれど。

「やはりお客様と直に接しているのは売り場の社員たちであるわけで。となれば、原因はそこにあると考えるのが妥当だろうな」

「現場での改善点を明らかにし、善処していかねばという点においては、私も市澤部長に同意しましょう」

いつもはバチバチと火花を散らしている両者が、なんとなく融和していく。それは、現場にいるこちら側を、共通のターゲットとみなした結果だ。

こんなこと、会社員をしていれば何度も目にする光景のはず。これまでだって幾度となく、経験してきたことじゃないか。こういうものだと言い聞かせ、屋上で煙草を吸うことでどうにか溜飲《りゅういん》を下げる。そうやって、今日だってやればいい。会社員として生き抜く術を、俺はもう知っている。


「申し訳ありませんでした」

会議室を退出していく上層部の面々ひとりずつに、頭を下げる。あまりに繰り返しすぎて、途中からゲシュタルト崩壊しそうになってくる。

「葛城くん、寿司ごちそうするからさ。今回は相手を立ててやってね」

瓦屋派の志村部長が、去り際にそう耳打ちする。

「今回はすまなかったね。相手側の責任を君になすりつけるようになっちゃって。またゴルフでも行こうじゃないか」

福盛派の市澤部長が、去り際にそう耳打ちする。

俺はそんな言葉にへらりと作り笑いをし、もう一度「申し訳ありませんでした」と頭を下げた。視線の先には、しばらく磨いていない革靴。その紐部分に、毛の塊みたいなものが絡まっているのに気付いた。ラモンのものか、もしくは相沢のものか——。

『あんたもあたしも、みんな最後には死んじゃうのにねえ』

相沢のしゃがれ声が、耳の中でリフレインした。


その日の仕事後。俺は喫茶マーヌルに足を運ぶこともせず、会社近くの神社のベンチに腰を下ろしていた。

都心にぽつんと存在するこの神社はちょっとした公園も併設されており、日中は働く人々のオアシスとなっているが、夜はほとんど人気はない。環状線を走る車の音が、ガラス戸の向こうから聞こえてくるような感覚に身を任せた。

ジャケットのポケットに入れたスマホが震える。着信はやはり、桜川さんだ。今日の市澤部長のフォローを入れるために電話してきたのだろうか。来週には人事部との、来年度の配属についての面談もある。いよいよそこで、俺はどちらにつくかを決めなければならないのだろう。

そのことを思うと、気が重くて着信を取る気にもなれなかった。

「しけた面してるわね」

とすっと隣に、誰かが腰を下ろした。そちらを見なくたってもう分かる。だって俺たちは長年、パートナーとしてやってきたのだ。

「こんな都心に出てきて大丈夫かよ」

日本には、動物園にしかマヌルネコはいない。もし見つかったら色々と面倒なことになるはずだ。

「相変わらず心配性ねえ。普通の野良猫のフリすりゃ問題ないわよ」

そう言いながら相沢は、缶ビールを一本こちらに差し出すと、自分でもそのプルタブをぷしゅっと開けた。早速、野良猫のフリを放棄している。呆れながらもその堂々さになんとなく安堵して、どちらからともなく缶を合わせた。

「懐かしいわあ、よくここで一杯飲んだわよね」

残業の合間、ふたりでコンビニでビールを買って、この場所で飲んだことがよくあった。酒でも飲まんとやってられん、などと言いながら。

夜の空気はぴりりと冷たく、だけど清々しく心地よくもあった。

「なんやかんやあったけど、あそこでの仕事は楽しかったわぁ」

昔を懐かしむような彼女の声に、横顔をそっと盗み見る。ヒゲを夜風にそよがせるネコの姿に、人間だった頃の彼女が重なる。

「……楽しかった、か」

相沢の言葉は意外なようで、だけどどこかで腑に落ちる感覚もあった。相沢は決して、この会社に、この仕事に嫌気が差して、マヌルネコになったわけではない。きっともっと大本の部分で、それは例えば社会だとか人間だとか、そういったものによる不自由さを手放したくて、今の姿になる道を選んだのではないだろうか。だからこそ彼女は「人間っていうのは」という言葉を使うのだ。もちろん、全て仮定でしかないけれど。

こうして相沢と肩を並べていると、これまで仕事に捧げてきた人生が走馬灯のように浮かんでは消えていく。いいことも、悪いことも、楽しいことも、悔しいこともたくさんあった。それでも俺は、この会社で働けることに誇りを持っていた。この会社が好きだった。そして、お客様の笑顔に何度も救われてきたのだ。

そんな大事なことを、ここ数年ずっと忘れてしまっていた。文具売り場へお客様を案内した、あのときまで。

「もったいない、って思うか?」

積み上げてきたキャリアを手放すこと。想いを込めて築いてきたフロアから離れること。全てを語らずとも、相沢にはその一言で十分伝わる。

「まっっっったく」

なんの躊躇《ちゅうちょ》もない返しがあまりにらしくて、俺は声を上げて笑う。愉快だった。自分の積み上げてきたものを、こんなにも痛快に一蹴されるということが。

知らぬうち、いろんなものが見えなくなっていた。一番見なければならないお客様じゃなく、上の顔色を窺って。俺はきっと、仕事をしていたわけじゃない。業務をただこなすだけになっていたんだろう。

「占いに来た人には、いつもお土産渡してんの。あんたにもあげようと思ってたんだけど、もう必要なさそうね」

相沢はどこからか、以前お店で見せてきた鉛筆を取り出した。それぞれの面には『瓦屋派』『福盛派』『転職』『異動』『その他』という選択肢が、相沢の綺麗な字で書かれている。

「右か左の、二択じゃなかったんだな」

「そりゃ、三百六十度に道は延びてんでしょうよ」

「だからって、『その他』っつうのもまたあれだな」

「いいじゃないの、そのくらいテキトーでちょうどいいわよ」

「――もらっとくよ。お守りにする」

「あんたのその素直さは、かわいいとこよね」

「もうオッサンだぞ」

「オッサンでもマヌルネコでも、かわいいもんはかわいいでしょうよ」

心地よいテンポで進む、相沢との会話。どんな言葉も、彼女を通すと重さを手放して軽やかに心の中へ入ってくる。

「退職するとき、相沢も鉛筆で決めたのか？」

「そうよ。会社をやめるかやめないかは、これで決めた」

「じゃあ結果によっては、今も会社にいたかもしれないんだな」

そう続けると、相沢は「それはないわね」とビールで喉元をごくりと震わせた。びっしりの毛で覆われていて、実際にはよく見えなかったけど。

「こんなの、ただの気休め。最終的には自分が決めるのよ」

「なんでそんな気休めなんか」

「人間は、何かに縋りたくなるんじゃないの？　背中を押してほしいとか、一歩踏み出すきっかけがほしいとか。ただの気休めも必要なのよ、多分ね」

相沢の言葉は、なんとなく理解は出来た。自分の意見に絶対的な自信が持てないとき、気休めが励ましに、そして逃げ道になることもあるのだろう。

「占いも同じよ。ときには占いに背中を押してもらったっていいし、うまくいかなければそれのせいにしたっていい。そのくらい気楽に生きたって、バチは当たらないでしょうよ」

がんじがらめのこの世界。マヌルネコの姿と占いという、ふたつの〝自由〟を手に入れた彼女の存在は、不自由さを抱える俺たちの心に風穴を開けてくれるのかもしれない。

「七階は、館の墓場って言われてるんだってさ」

「最高じゃないの。極楽浄土に続く場所よ?」

ほら。今だって俺の心には、ヒュォッと新たな風が吹く。目を大きく見開き、爛々とそれを輝かせるマヌルネコにかかってしまえば、違った景色が見えてくる。

俺の決断を聞けば、市澤部長も志村部長も、そして桜川さんも、瞳孔を開いて「ばかげている」と言うだろう。だけど俺からしたら、社内で分かれて争っている方がよっぽど「ばかげている」。別にどちらが正解とかじゃない。これはただの、価値観の違いだ。

俺は俺で、周りに染まる必要なんかない。

俺は俺で、自分の人生をやりたいように過ごすのだ。

もらった鉛筆を、ジャケットの胸ポケットにそっと差し込む。迷ったら、鉛筆に運命を託すことがあってもいいかもしれない。そのくらい、気楽に、そして適当に生きてもいいかもしれない。

「なあ、相沢」

「なによ」

「どうしてマヌルネコになったんだ?」

答えてくれないと分かっていても、あえて言葉にして投げてみる。

「本当は、分かってんじゃないの？」

俺の質問に、彼女はそう言って目を細めた。それから太い尻尾をぼさっとひと振りすると、ヒゲを上向きに反らせ、にぃ、と笑う。

「なりたけりゃ、あんただってなれるのよ。マヌルネコにも、何者にでもね」

この作品は書き下ろしです。

人間やめたマヌルさんが、
あなたの人生占います
適当ですがあしからず

音はつき

2023年11月5日　第1刷発行

発行者　千葉 均
発行所　株式会社ポプラ社
〒102-8519　東京都千代田区麹町4-2-6
ホームページ　www.poplar.co.jp
フォーマットデザイン　bookwall
組版・校正　株式会社鷗来堂
印刷・製本　中央精版印刷株式会社

N.D.C.913/255p/15cm　ISBN978-4-591-17972-7

P8101479